真門浩平

ぼくらは回収しない

東京創元社◎ミステリ・フロンティア

目次

ぼくらは回収しない

街頭インタビュー

1

「靴の汚い人には気をつけなさい。靴はその人の人格を表しているから」というイタリアだかフランスだかのことわざは、今は亡きばあちゃんの口癖だった。だからぼくは、入学した中学校の校長が土まみれのくたびれた革靴を履いているのを目にしてからというもの、彼のことをどこか信用できずにいた。

些細(ささい)な違和感でしかなかったそれが決定的に膨らんだのは、クラスで運動会の事前練習を行っていたときのことだった。騎馬戦の最中に、騎手の生徒が背中から落下してしまったのだ。大変です、怪我人が出ました、とぼくらはすぐさま先生たちを呼びにいった。すると、騒ぎを聞きつけて校長室から出てきた校長はまず、「騎馬戦は中止にせざるを得ないな」と苦々しげに顔を顰(しか)めたのである。

「――絶対、あの校長はおかしいって」

それ以降、ぼくは度々クラスメイトにそう力説していた。

「なんで?」と親友の岳(がく)は呑気(のんき)に小首を傾げる。

「怪我人が出たって聞いて、最初に心配するのが運営のことだったんだよ？」

クラスメイトたちは皆一様にぽかんとした顔をしていた。

「その後、ちゃんと様子を見に来てくれたけどなあ」

「生徒を気にかける言葉が先に出てこないのはおかしいじゃん！」

「そうかあ」

岳たちは納得したのか適当にあしらっているのかはっきりしない相槌を打つ。彼らにぼくの訴えは全く響いていないようだ。

その校長に出張費の不正受給が発覚し、懲戒処分が下されたのは、わずか半年後のことだ。

「ほらな、言っただろ」

ぼくが勝ち誇ると、かろうじてぼくの疑念を覚えていたらしい岳たちは、「予言者だ」とからかい半分で囃し立てた。それで得意になったというわけでもないが、ぼくは以後一層、周りの人の言動を注視するようになった。趣味は人間観察だなんて豪語するのは小っ恥ずかしいけれど、実際人の内面は、振る舞いや身だしなみのそこかしこに滲み出るものだ。

とりわけ引っかかるのが細かい言葉遣いだった。何かにつけて「わたしは」を連呼する女子や、学級委員への推薦を「そんな暇じゃないから」と撥ね付けた優等生。みんながさらりと聞き流す言葉の一つ一つが、どうにも気になってしまう。

中学三年に上がる頃には、ぼくの観察眼はちょっとした名物になっていた。人を見る目のある伊達桐人くんにぜひ判断を、と名指しで頼られることもあった。

そんなぼくに、秋が深まってきた二学期中盤のある日、同じクラスの藤原さんから相談が寄せられた。その内容は、一風変わったものだった。

　ＳＮＳ上での炎上を鎮(しず)めてほしい。そう彼女は言うのだ。

2

　藤原さんはボブヘアに細縁の眼鏡がよく似合う、落ち着いた雰囲気の女子だ。三年生で初めて同じクラスになったこともあり、あまり話したことはなかった。だが、おっとりとした喋り方や、時折耳にする独特な言い回しから、少し天然なところがある人なのだろうと勝手に思っていた。

　その日の六時間目は社会だった。バランスボールみたいに丸々太った先生が「伊藤博文(いとうひろぶみ)らが起草して、一八八七年に発布された憲法は何だったかな？」と投げかけたが、誰も彼も我関せずという顔をして押し黙っていた。慣れた様子の先生は、おもむろに日付の月と日を足し合わせ、

「じゃあ、藤原さん」と指名した。

　当てられた彼女はすぐに腰を上げた。成績優秀な藤原さんが答えられないはずはない。斜め後方に座るぼくは安心して見守るが、彼女は一向に口を開かず、凍りついたように立ち尽くしている。

　重苦しい沈黙を破ったのは、藤原さんの前の席に座る平沢(ひらさわ)さんだった。

「あはは、あんたまた緊張して頭真っ白になってるの？　いっつもそうだよね！」

　張り詰めていた空気が緩(ゆる)んだ反動で、教室はどっと笑いに包まれた。藤原さんもつられたよう

に苦笑いを浮かべるが、目は泳いでいる。先生が「こらこら」と手を叩き、教室内が再び静かになった頃、藤原さんはいまにも消え入りそうな声で答えた。

「……大日本帝国憲法です」

「正解だ。よく出たな」

藤原さんはそのまま席に着き、深く俯いた。黒髪の隙間から覗く耳たぶが赤くなっている。何事もなかったかのように授業は進んだが、平沢さんの茶化しに見え隠れした悪意がぼくには気がかりだった。二人は元々同じクラスで仲は良いと思っていたが、先ほどの言い方には明らかに棘がある。

「さっきは大丈夫だった？」

授業と帰りのホームルームが終わってから、ぼくはたまらず彼女に話しかけた。

「……平気だよ」

藤原さんはそう答えるが、返事の前に何かを躊躇するような不自然な間があった。やはり、クラスのみんなに笑われて、傷つかないはずはないのだ。

「わざわざあんなことを言うなんて、酷いよな、平沢さん」

「気にしなくていいよ」藤原さんは力なく微笑んだ。「優しいんだね……桐人くん」

急に名前で呼ばれ、不覚にもどきりとしてしまう。これ以上話しかけても迷惑だろうかと二の足を踏んでいると、誰かの手がぼくの肩に馴れ馴れしく置かれた。

「珍しいな、二人が喋ってるの。もしかして、例の件を相談しているのか？」

三年間同じクラスの友人、安田岳だった。

ちょっと、と藤原さんが岳を睨みつける。二人は小学校からの幼馴染だと聞いていた。

「あれ、すまん。違ったのか」

不本意そうな彼女に、岳はけろりとして手刀を切った。

「……例の件って何？」

「そうだ、藤原。折角だから、桐人に相談してみたらどうだ。こいつの観察力は大したもんだ、何か助けになるかもしれない」

岳に促された藤原さんはしばし迷っていたが、やがて覚悟を決めたようにスクールバッグからスマホを取り出した。今時中学三年生にもなれば大半の人がスマホを持っていて、放課後なら教室での使用も黙認されていた。

「まずはこれを見てほしいの」

差し出された彼女のスマホには、ぼくもよく使うＳＮＳアプリが映し出されていた。〈今の若者って感じ。〉という文言の添えられた動画を一瞥し、おや、と思う。

「この投稿、見覚えがある。それも最近……」

「一昨日の夕方、東西テレビのニュース番組で流れたインタビューがＳＮＳに転載されて、拡散したの」

すでに数万に及ぶ「いいね」がついている。道理でぼくのタイムラインにも流れてきたわけだ。

それは「若者の新聞離れが加速。実態に迫る」と銘打たれた街頭インタビューの映像だった。

藤原さんが再生マークをタップすると、マイクを向けられた、大学生と思しき明るい髪色の女性が動き出す。質問内容は画面下部に白いテロップで表示されていた。

――若者の新聞離れについてどうお考えですか？

『責任感のない人が多すぎて、本当に残念だなと思います』

語尾の上がる口調に、やや落ち着きのない身振り手振り。もこもこしたピンク色のセーターを着ており、伸ばした袖(そで)で手の甲を覆っている。「現代の若者」らしい外見に、彼女に白羽の矢が立った理由が透けて見えた。

質問のテロップが切り替わる。

――では、汚職事件の絶えない最近の政界についてどうお思いですか？

『特に……正直あまり知らず、考えたこともありませんでした』

照れ笑いだろうか、少し口角が上がる。その後、腕時計の文字盤をちらりと見た。

続いて三つ目の質問が表示される。

――どうして今の若者は新聞を読まないのだと思いますか？

『たくさんの情報やニュースがネットに落ちているので、それで十分なのではないでしょうか』

そこで動画は終わっていた。一見どこにでもあるようなインタビューだが、投稿には様々なリアクションが寄せられている。

〈偉そうに『残念』だなんて言っておいて、自分だって何も知らないのか〉

〈喋り方からしてバカ丸出し……〉

〈思いっきり自分にブーメラン刺さってる〉

〈身なりがすでにインタビュアーに失礼だよね。ずっとヘラヘラしているし〉

殊勝な回答をしたのちにぼろが出る様が面白がられ、揶揄(やゆ)と批判の対象になっているらしい。

失礼な身なりとは、上着の袖口から手を出しきらない着方、いわゆる「萌え袖」のことを指しているのだろう。

「ありふれた炎上って感じだな」一通りの反応をチェックし、ぼくは率直な感想を口にした。

「この投稿がどうしたの？」

岳は片眉を上げ、藤原さんの方を見やった。彼女は緩慢な瞬きをしてから、短く告げる。

「お姉ちゃんなの、わたしの」

心臓が跳ね上がった。ひっ、と声が漏れそうになり、反射的に口を手で覆う。

「この動画に映っているのは、わたしのお姉ちゃんなんだよ」藤原さんは繰り返した。「三日前の火曜日に突然インタビューされたらしいんだけれど、こんなことになるなんて……」

遠くの火事が、いきなり対岸くらいまで近づいた感覚だった。何と声をかけたらいいのか悩んだのち、事態の詳細を訊く。

「お姉さんはもうこのことを知ってるの……？」

「うん。すぐにたくさん連絡が来たらしい。一昨日の夜から部屋に籠って塞ぎ込んでるよ。どうしてあんなことを言っちゃったんだろうって、ひどく落ち込んでいた」

親には話したくなさそうだったため、藤原さんはこっそり事情を聞き出したらしい。

「ほら、他にも色々書かれていて酷いんだぜ」

岳が投稿のリプライ欄をスクロールする。

〈この子、ネットでもニュース読んでないだろ〉

〈これだからZ世代は……〉

〈ネットに落ちているって言い方する人嫌いだな。全部誰かが作ったものなのに〉

そうした否定的なコメントが隙間なく敷き詰められている。岳は「書いてる方は匿名で顔も出さないんだからせこいよな」と腹立たしげにぼやき、アイコン画像をタップしていった。ベッドの上でお腹を見せて仲睦まじく寝転ぶ二匹の犬。有名なアニメキャラクターの笑顔。フィルター加工をかけたみたいに縁が青く霞んでいる夕焼け空。画像自体は平穏そのものなのに、放つ言葉には容赦がない。

「なるほど、災難だな……」そう応じるのが精一杯だった。「それで、ぼくが助けになるかもしれないっていうのは、どういう意味？」

「お姉ちゃんはそんな人じゃないの」

藤原さんは真っ直ぐな目をして言い切った。

「思いやりがあって、しっかりしていて、いつも頼りになる、わたしが一番尊敬している人なんだよ。こんな、大人がイメージする今どきの軽薄な若者の……権化みたいな扱いをされるなんて、絶対おかしい！」

溢れ出す思いを抑えきれないのか、藤原さんの声は掠れている。普段とは打って変わって感情を露わにする彼女に戸惑いつつも、ぼくは冷淡に聞こえないよう気をつけて尋ねた。

「とはいっても、インタビューに答えたのは確かなんだよね？」

「それはそうだけれど――悪いところにばかり目をつけて一方的に言い立てるなんて、やっぱりひどいよ……」

藤原さんは悔しそうに拳を握り締めた。身内が理不尽な悪評の的になっているのは不憫だが、

「そんな人じゃない」と強弁するだけでは誰も耳を傾けてくれないだろう。

「――それなら、こっちはこっちで、『良いところ』を見つければいいんだ」岳が待ち構えていたように言った。「桐人が『観察』すれば、藤原の姉ちゃんを擁護（ようご）できるような理屈が見つかるかもしれない。それを発信して、世間の評価を覆（くつがえ）すんだよ」

自分が岳に推薦された理由を悟る。この三年間、人を正しく「見て」きた実績を買われたわけだ。

「お願い。お姉ちゃんを助けて……」

目を潤（うる）ませて懇願する藤原さんに、胸がちくりとする。

旗色は悪いが、挑戦する価値はあった。何しろ藤原さんが、自分の姉はこの映像から受け取れるような浅はかな人物ではないと、こんなにも必死に訴えているのだ。

「わかった。やってみるよ」

ぼくは動画の「観察」に取り掛かることにした。

3

初対面の人と会ったとき、ぼくはまずその人の足元を見る。

だが今回、その定石は通用しない。動画にはせいぜい藤原さんのお姉さんの胸から上しか映っていないからだ。仕方なくぼくは、彼女の服装や言葉遣いに注意を払って、動画を繰り返し再生した。

二つ気づいたことがある。

一つ目は、服装についてだ。インタビューが始まったとき、確かに彼女は「萌え袖」をしている。多少だらしなく見えるし、場合によってはマナー違反と取られる着こなしかもしれない。けれど、二番目の質問が終わったとき、彼女は腕時計をちらりと見て時刻を確認している。このときには手首を露出しているのだ。集中して映像を追うと、二番目の質問以降はずっと、両手とも手首が見えるほど腕まくりをしていた。これは、彼女が「萌え袖」だったのは突発的に始まったインタビューの最初だけで、すぐさま不適切さを自覚したのか、回答の合間に手を出したことを示唆している。だったら、服装に関しては扱き下ろされる謂れなどない。

二つ目は、彼女の最初の台詞だ。若者の新聞離れについて、藤原さんのお姉さんは『責任感のない人が多すぎて、本当に残念だなと思います』と述べている。

「この『責任感のない人が多すぎて』って少し違和感がないか？　責任感のない人が『多くて』ならまだわかるけれど、『多すぎて』だと実感が伴いすぎているというか、批判的なニュアンスが強すぎるというか」

「言われてみて、まあそうかもって思うレベルだな」

岳にはいまひとつぴんと来ないようだった。重箱の隅を楊枝でほじくるような指摘だと自分でも思う。だが、こういう瑣末な言葉の使い方にこそ、人の本音が表れるというものだ。

藤原さんのお姉さんはもともと、新聞を読まない人に対して批判的な意見を持っていたのだろうか。

ぼくはハリイ・ケメルマンの『九マイルは遠すぎる』を想起した。短い文章に対して緻密な推論を重ね、状況や発話者の真意を紐解いていくという構成の短編ミステリだ。今行おうとしているのは、いわばその現代版である。たった二十秒やそこらの街頭インタビューから、何を汲み取ることができるか。

「責任感のない人が多すぎる」

再度口に出してみても、閃くものは何もない。藤原さんも、お姉さんがあえて手厳しい言葉を使った意図に心当たりはないようだった。ぼくは切り口を変えることにする。

「どういう経緯でお姉さんがインタビューを受けることになったのか教えてもらえる?」

「大学の帰りに、自宅の最寄り駅近くで東西テレビのクルーに呼び止められたんだって。特に断る理由もなかったから、折角の機会だと思って応じたらしいの。所要時間はせいぜい十分くらい」

「答え方に失敗したという様子はなかった?」

「ちょっと緊張したとは言っていたけれど、むしろ放送を楽しみにしているみたいだったよ。放送後はすっかり落ち込んじゃって、詳しい話を聞けてないんだけれど……」

少なくともインタビューを終えた時点では、お姉さんは自身の回答を問題視していなかったわけだ。

動画の背景に意識を向ける。「自宅の最寄り駅近く」と藤原さんが説明した通り、インタビューが行われている場所の街並みは、ぼくらの地元のターミナル駅周辺によく似ている。改めて見返すと、動画の冒頭部分、藤原さんのお姉さんが一番目の質問に答えている背後に、エプロンを着た白髪混じりの男性が映っていることに気がついた。その初老の男性は道路沿いの店から出てきて、ドアの前で数秒立ち止まった後、店内に戻った。文字までは読めないが、おそらく「open/closed」などと刻まれたプレートをひっくり返したのだろう。店の看板には〈純喫茶クラン〉と書いてある。

　早速その店名を検索するため、ぼくはスマホを取り出した。

「あれ、桐人くんのスマホ、意外とボロボロなんだね」

　藤原さんはくすりと笑う。ぼくのスマホのディスプレイにはひびが入っているし、使い古した紺色のスマホカバーはところどころほつれてカメラの邪魔になっていた。「人の身だしなみをとやかく言える立場じゃないよな」と苦笑しながら、検索窓に「純喫茶クラン」と打ち込む。

　案の定、中学からそう遠くないターミナル駅のそばに一軒ヒットした。店の詳細な情報はない。

「どうしたんだ。何かわかりそうなのか？」

　黙りこくったぼくを見かねて、岳が探りを入れてくる。まだ何もわかってはいなかったけれど、予想していた以上の糸口を摑めた感触はあった。服装への非難に関して、藤原さんのお姉さんを庇（かば）う余地を見出せたのが一つだ。もう一つは、放送前の彼女自身にはインタビューの受け答えに粗がある自覚がなかったことである。

　ひょっとしたら、『良いところを見つける』どころでは済まないかもしれない。この炎上騒ぎには何か裏がある。ぼくにはそれを突き止めて、藤原さんのお姉さんの汚名を返上する義務がある。

「いや……でも、一つ思いついたことがある」と岳に応じた。「現地調査をしよう。このインタビューが撮影された場所を特定したんだ」

4

ぼく、岳、藤原さんの三人は、帰り支度をしてから校門前に移動した。

「なるほど、後ろの看板の文字が読めたのか。それで、そこに行ってどうするつもりだ？」

地図アプリで〈純喫茶クラン〉をピン留めし、ぼくらは歩き出す。中学校からは徒歩十五分ほどの距離だった。

「現場を見れば新しい発見があるかもしれないだろ」

岳の疑問を、ぼくは軽く受け流す。「〈純喫茶クラン〉の閉店時間を確認する」という目的はあったが、インタビューの時間帯が明らかになったところで何なのかと問われると、答えには窮する。ただ、教室で映像を何周か見ただけで「打つ手なしです」と匙（さじ）を投げるわけにはいかなかった。

「二人とも……その、ありがとう。お姉ちゃんのために、わざわざ」

藤原さんは歩きながらぺこりと頭を下げた。

「まだ何もできていないよ。感謝されるには早すぎる」

「……桐人くんのこと、少し誤解していたかも。正直、もっと気難しくて……怖い人なのかと思ってた」

驚いて藤原さんを見返すが、何食わぬ顔で視線を逸（そ）らされた。さっきスマホの消耗を指摘されたときも、彼女は「意外と」という枕詞を付けていたことを思い出す。

そうこうしているうちに目的地に到着した。時刻は四時半。窓越しに〈純喫茶クラン〉を覗き込むと、カウンターにマスターの姿があった。動画に映っていた初老の男性で間違いない。店内には小洒落た装いの客が数人いて、とても中学生が入れる雰囲気ではなかった。

ドアにかかっているプレートは、予想通り営業中か否かを示すものだった。傍らの貼り紙には、平日の営業時間が午前九時から午後五時までだと記載されている。

「インタビューされたのはあの辺りみたいだな」

岳が十数メートル先、曲がり角付近の歩道を指差した。その一際開けた場所まで進んでから振り向くと、画面の中に見たままの風景があった。

「本当だ！　ここ、駅から家に帰るときに通る道だよ」

藤原さんが珍しく華やいだ声を上げる。ぼくはすっかり探偵気取りで現場の写真を数枚撮って、チャットアプリ「チェイン」内に作った三人のグループに送った。

「ここでお姉さんはインタビューを受けたわけだね。喫茶店の営業終了時刻は午後五時だった。動画の出だしにプレートを裏返すマスターの姿が映っていたから、大体そのくらいの時間に始まったということだ」

「それまで一応待ってみるか」

岳の提案により、ぼくらはここで待機することになった。駅は近いが、車通りはさほど多くない。周辺に遮蔽物がなく、鋭い秋風が直接吹きつけてくるので、立ち止まった途端急に肌寒く感じた。スカート姿の藤原さんはもちろん、ブレザーにズボンのぼくらにもかなり堪える。

十月の太陽はすでに傾きかかっていた。二十分ほど待ってはみたが、そろそろ限界が近い。

「寒すぎる！」と言い出しっぺの岳が音を上げた。

「ごめん、お姉ちゃんを助けてなんて言ったけれど、こんなことをしても無駄だよね。起きてしまったことはどうしようもないのかな……」と藤原さんも弱気になる。

「無駄だとは思わない。この寒さを知れただけでも収穫だ。しかしまあ、今日のところはこれくらいにしようか」

ぼくが解散の方へ舵を切ろうとした、まさにそのときだった。

すぐそばのポールに取り付けられたスピーカーから、鐘の音が五度鳴り響いた。次いで、幼少の頃から今まで数えきれないほど耳にしてきた『夕焼小焼』のメロディが流れる。五時を知らせる鐘だ。

一分ほどでそれが終わると、〈純喫茶クラン〉から店主が顔を出し、プレートに手をかけた。チャンスだ、とばかりにぼくは駆け出す。岳たちも慌てた様子で追ってくる。

「すみません！　〈純喫茶クラン〉の店主さんですよね！」

店内に戻ろうとするマスターをすんでのところで呼び止める。彼は制服姿のぼくらに視線を巡らし、灰色の眉を八の字にした。

「そうだが……生憎、今日はもう閉めるところだよ」

「閉店するのは毎日ぴったり五時なんですか？」

予期せぬ切り返しだったのだろう、マスターは怪訝そうに首を捻った。

「まあな。店にお客さんが残っていても、五時の鐘が鳴ったらプレートをひっくり返し、退店を促すようにしている」

「それは三日前もですか？」

間髪容れずに質問を重ねる。三日前は、インタビューの行われた日だ。

「ああ、そうだよ。それがどうしたんだね」

「なんでもありません。失礼しました！」

目を白黒させるマスターに何度も礼を述べてその場を去った。ついていけていないのは岳と藤原さんも同様で、「今のなんだったんだよ？」としきりに尋ねてくる。

「大事なことだったんだ。ちょっと考えさせてくれ」

映像の最初には、マスターがプレートをひっくり返す姿が映っていた。今の証言を踏まえると、インタビューは五時の鐘が鳴った直後の約十分間に撮影されたことになるが……。

積み重なった違和感が、にわかに脳をくすぐり出した。頭の中を、さっきまで繰り返し凝視していたインタビューの映像が流れる。

腕時計にちらりと視線をやった藤原さんのお姉さん。彼女の着ていたセーターの、袖口の変化。責任感のない人が多すぎる、という言い回し。

何気ない振る舞いや身だしなみ、言葉遣いを、ぼくはじっと観察する。

――不意に、全てを解決する発想が浮かんで、声を上げそうになった。

これだ、これに違いない。

藤原さんのお姉さんに何も非はなかった。ぼくらは騙されたのだ。

「その顔、何かわかったの？」

藤原さんの瞳は微かな期待に輝いている。

ああ、とぼくは自信満々に応じた。

「真相がわかったよ。これなら、藤原さんのお姉さんを救うことができる」

5

唐突な宣言に、岳も藤原さんも虚をつかれたようだった。

「ずいぶんと大きく出たな、いきなり」

「真相って……一体どういうことなの？」

推理を披露する前に、ぼくらは空調の効いた駅ビル内まで移動した。素早く思考を整理して説明を始める。

「鍵になるのは街頭インタビューが撮影された時間帯だよ。〈純喫茶クラン〉のマスターは、五時の鐘を合図にプレートをひっくり返すと言っていたよな。それは藤原さんのお姉さんがインタビューを受けた三日前も例外ではなかった。とすると、映像の冒頭にマスターの姿が映っていた以上、インタビューが始まったのは五時を回ってすぐだったわけだ。また、お姉さんの話によれば、インタビューにかかった時間は十分程度だった。

ところが、二つ目の質問に答える際、お姉さんは腕時計で時刻を確認している。これは奇妙じゃないか？　五時の鐘が鳴った直後なんだったら、時計を見なくても時間なんてわかりきっていいるはずなのに」

「言われてみるとそうだね……」

　藤原さんはそう呟いたものの、まだ主旨は摑めていない様子だ。

「ここはぼくらの地元なんだから、『夕焼小焼』が五時を意味していることはお姉さんも当然知っているだろう。それから数分以内に、もう一度時刻を確認する理由があるとは思えない。また、急いでいることをアピールしたかったわけでもない。大学帰りのお姉さんは別段断る理由がなかったから取材を受けたんだろ？　後に予定はなかったはずだ」

「でも、現に腕時計を見ているんだぞ。そういう気まぐれもあるだろ」

　岳の反論にも一理ある。ぼくはこくりと頷いた。

「ひとまず、不自然な点として記憶に留めておいてほしい。もう一つ気になるのが、お姉さんの服装だ。一つ目の回答の際は『萌え袖』だったのに、二つ目以降はずっと腕まくりをしている。礼儀を気にしたのだとしたら袖から手を出せばいいだけの話で、腕時計が露わになるほどまくる必要はないと思わないか？　ましてや秋の寒風に晒される場所に立ち続けていたとなるとなおさらだ。それに両袖とも腕まくりしていたのだから、腕時計を見るためだけにそうしたというわけではないんだよ」

　現地調査を経て、ぼくが追加で拾い上げた動画内の違和感は二つだ。

　五時の鐘が鳴った直後であるはずなのに時刻を確認していること。

　あの寒さの中、インタビューの後半でわざわざ腕まくりをしていること。

「それで、結局何が言いたいんだ？」

岳の問いかけに、ぼくはゆっくりと口を開いた。

「腕時計で時刻を確認したのが、五時の鐘が鳴る前だとしたら何ら不思議はない。あの寒空の下で、腕まくりをした状態から袖を下ろしたのだったとしたら納得がいく。要するに、映像の順序が反対だったんだ。放送される際に、回答の順番が入れ替わっていたんだよ」

「えっ、どういうことだ？」

岳は呆気に取られた様子で聞き返した。藤原さんも当惑を隠せていない。

「説明のため、放送された藤原さんのお姉さんの回答を順にＡ１、Ａ２、Ａ３としよう。Ａ１のときは袖を下ろしていて、Ａ２とＡ３では袖をまくっている。腕まくりの瞬間が映っていないのは、Ａ１とＡ２の間に映像の切れ目があるからだ。ここで、映像の正しい時系列がＡ２、Ａ３、Ａ１の順だったとすれば、さっき挙げた二つの疑問点は一気に解消されるだろ」

「あの取材動画の短さだったら、カメラは回し続けていたはずだよね。順番があべこべになるなんてことがあるかな」と藤原さんが口を挟む。

「五時の鐘が鳴ったのがＡ１の直前なのに違いはない。ポイントは、今の仮定においてそれがＡ３とＡ１の間にあたることだ。そう、このタイミングで近くのスピーカーから五時の鐘が流れ始めたから、クルーはカメラを一旦停止せざるをえず、映像は『Ａ２、Ａ３』と『Ａ１』に分断されていたんだよ。また、五時の鐘による待ち時間が生じたタイミングで、暖房の効いた電車から降りたばかりで腕まくりをしたままだったお姉さんは、寒さを凌（しの）ごうと袖で手を覆ったんだ」

ぼくの補足で、二人はいくらか合点がいったようだった。だがその目つきからは、まだ解せないものがあることが窺える。

「それだと、二つ目の質問が本当は最初の質問だったってことだろ。のっけから政治への意見を求めるなんておかしくないか？　質問の順番がめちゃくちゃになっちまう」

「うーん、やっぱり……いくら映像が二つに分かれたとしても、そんな不自然なミスが起きるものなの？」

岳と藤原さんの疑問は至極真っ当だった。それに、解消されていない違和感はまだ二つある。

藤原さんの姉に、まずい受け答えをしてしまった自覚がなかったこと。

責任感のない人が多すぎる、という非難の意味合いが強い表現が使われたこと。

「映像の順序が入れ替えられたのはあくまで副産物にすぎないんだ」とぼくは答えた。「あのコーナーは『加速する若者の新聞離れ』に焦点を当てたものだった。制作側には問題提起と現状批判の意図があって、大なり小なり、そうした趣旨に沿ったVTRにしたいと考えていたはずだ。そういう目的意識のもとで編集がなされた結果、質問内容とお姉さんの回答の対応がずらされてしまったんだよ」

質問文はテロップで後からつけたもので、藤原さんのお姉さんと質問者の実際のやりとりは映っていない。そこで、回答の順番がA2、A3、A1だったという前提で自然に質問を振り直すと、次のようになる。


――若者の新聞離れについてどうお考えですか？

『特に……正直あまり知らず、考えたこともありませんでした』

――どうして今の若者は新聞を読まないのだと思いますか？

『たくさんの情報やニュースがネットに落ちているので、それで十分なのではないでしょうか』

――では、汚職事件の絶えない最近の政界についてどうお思いですか？

『責任感のない人が多すぎて、本当に残念だなと思います』

「これなら藤原さんのお姉さんの回答は至って常識的だ。多すぎるという表現に含まれた批判的な響きも腑に落ちる」

「そんな……」

藤原さんは言葉を失った。回答内容から受ける印象は全く違うものになる。たとえわざとでなかったとしても、ひどい改竄に違いなかった。

インタビューの質問事項はあらかじめ決めてあったのだろう。そして、映像素材を編集する際、政治への無関心という潜在的なテーマが念頭にあったため、『特に……正直あまり知らず、考えたこともありませんでした』という回答が政治に関する質問へのものだと誤認された。その辻褄を合わせるように、五時の鐘で区切られた部分で映像の順番が入れ替えられ、一見齟齬のないインタビュー動画が完成してしまったのだ。

「何だよ、それじゃあ藤原の姉ちゃんは全然悪くないじゃんか」

岳が両手を広げて憤慨した。

「やっぱり！　お姉ちゃんがあんな答え方をするはずなかったんだ」と声を弾ませる藤原さんの表情には、怒りと安堵が綯い交ぜになっていた。

「それで、どうする？　このまま泣き寝入りするわけにはいかないよな」

岳がぼくと藤原さんの顔を交互に見つめる。

「決まってるだろ。このことを世間に知らしめるんだ。お姉さんを救うにはそれしかない」

ぼくが扇動するように言うと、藤原さんは静かに頷いた。

6

ぼくらの主張は、瞬く間に電子の海に広がっていった。

質問と回答が噛み合っていないという旨の投稿を、匿名で行ったのだ。五時の鐘や腕まくりの件など、明確な根拠を添えたことが功を奏し、報道内容の不備を咎める声が徐々に大きくなっていった。騒動の決定打となったのは有志による画像解析で、〈純喫茶クラン〉のプレートが映った範囲の拡大と高画質化がなされたことだった。冒頭でマスターが「open」を「closed」に反転させたこと、後半ではそれが「open」に戻っていることが確かめられ、前後の入れ替わりは確定した。

世間が掌を返すのは早い。藤原さんのお姉さんへの同情も相まって、テレビ局への抗議は過熱した。

〈近年稀に見る悪質な切り取り報道だ〉

〈番組に都合のいいように編集して、正反対の印象を与えるなんて最低〉

〈苦情入れておきました。女性がかわいそう〉

ぼくも自分のアカウントで、〈欺（あざむ）かれた視聴者も被害者だ〉と加勢する。一昨日の炎上が数時間後には大半の人から忘れ去られるような小火（ぼや）だとしたら、今度はＳＮＳ内に止まらない大火災だった。

翌土曜日の晩、早くも東西テレビが謝罪声明を発表した。編集の際に質問文の対応付けを誤ってしまったこと、再発防止に努めること、および該当女性と視聴者への謝意が簡潔に述べられていた。それで一部の者は溜飲を下げ、残りの者は未だ義憤に駆られ、白熱する議論はまだ収束しそうになかったが、少なくとも藤原さんのお姉さんの汚名返上は果たされた。そのことにぼくは、ほっと胸を撫で下ろす。

「よかったな、みんなわかってくれて」

週明けの月曜日、教室に入るなり岳がぼくの肩を叩いた。

「さすが桐人だぜ。おまえの観察力は本物だな」

「いやいや、たまたまだよ、今回は」

頭を掻きながら、さりげなく藤原さんの様子を窺った。彼女は自分の席で頬杖をつき、文庫本に目を落としている。ぼくは岳に一言断りを入れてから、彼女に声をかけた。

「おはよう、藤原さん。お姉さん、元気になった？」

このときぼくは、彼女からの感謝の言葉を、期待していたというわけではないにしても、予想してはいた。だから、藤原さんがゆっくりとこちらに向けた切れ長の目の奥に、冷ややかな光が宿っているのを意外に思った。

「桐人くん、お話があるの。放課後に時間もらえる？」

藤原さんは事務的な口調でそれだけ告げて、文庫本に視線を戻した。彼女の無表情を観察しても、胸の内はまるで読めない。ただ今更ながら、眼鏡越しの目元にお姉さんの面影を見出したのみだった。

空いてるけど、とぼくは早口で答える。


その日の放課後、ぼくは藤原さんに無言で屋上まで連れてこられた。すれ違う生徒たちから意味ありげな目配せを送られたが、甘い想像など浮かばない。ひたすらに嫌な予感がしていた。

冷え冷えとした屋上には誰の姿もなかった。フェンスの側まで移動してから、ようやく藤原さんが切り出す。

「桐人くん、お姉ちゃんが元気になったかって聞いたよね」

「うん、聞いた」

「実はね、まだ落ち込んだままなの」

冷や水を浴びせられた気分だった。

「えっ、どうして」

「トラウマになっちゃったみたいなんだ。見ず知らずの人に色々と言われて」

確かに一度集中砲火を浴びたときの傷は、ほとぼりが冷めたとて、簡単に癒えるものではないのかもしれない。だが……。

「誤解は解けたんだよね。お姉さんのことを悪く言う人はもういないはずだ」

「うん、その点については桐人くんに感謝しているよ。でもね……昨日、なかなか立ち直らないお姉ちゃんに話を聞いて気づいたんだ。切り取り報道が明るみに出たところで、お姉ちゃんの悲しみが和らぐことはないんだって」

どういうことだろう。不穏な雲行きに、ぼくは固唾を呑んで彼女の言葉を待つ。

「考えてもみてよ。いくら回答内容の不用意さを馬鹿にされたとしても、それはテレビ局の改竄に踊らされただけの的外れな中傷なんだから、お姉ちゃんが傷つく必要はない。『捻じ曲げられた報道がされている』と胸を張って抗議すればよかったんだ。

じゃあ、どうしてそうしなかったんだと思う？　本当にお姉ちゃんの胸を抉り、反論する気力と意味を奪ったのは、改竄とは無関係なお姉ちゃんの『素』を攻撃した言葉だったからだよ」

例えば、と藤原さんはスマホを取り出し、画面撮影で保存していたらしいコメントを、淡々と読み上げていく。

〈喋り方からしてバカ丸出し……〉

〈身なりがすでにインタビュアーに失礼だよね。ずっとヘラヘラしているし〉

「これらはほんの一部。袖で手を覆ったのはあの場所が特に寒かったからだし、笑顔が多いのも緊張しているときのお姉ちゃんの癖。喋り方なんて余計なお世話だよ。でもそれらを何も知らない人たちに否定されて、お姉ちゃんは怖くなっちゃったんだ。今までも、稚拙で礼儀を知らない人間だと思われていたんじゃないかって。そんな恐怖と自己嫌悪で押し潰されそうになっている。

それに、お姉ちゃんは『どうしてあんなことを言っちゃったんだろう』と反省していたんだよ。回答内容に問題がないなら、あの反応は、お姉ちゃんの言葉尻を捕らえた誹謗中傷に対するものだったことになる。そう、これみたいな」

〈ネットに落ちているって言い方する人嫌いだな。全部誰かが作ったものなのに〉

金縛り（かなしば）にあったように全身が硬直した。

「この人なんて、いざ真相が暴かれたら、コメントを削除して、〈欺かれた視聴者も被害者だ〉って寝返ってるんだよ。ずるくない？」

藤原さんはその投稿を表示したスマホを、銃口のようにぼくの眼前に突きつける。

「これ、桐人くんだよね？」

7

放課後の校庭の喧騒が秋風に乗り、やけにはっきりと聞こえてくる。

逡巡の末に口をついて出たのは、「どうして分かったんだ」という陳腐（ちんぷ）な台詞（せりふ）だった。

「あれ、と思ったのは、桐人くんがチェイングループに送った現場の写真を見たとき。スマホカバーのカメラ穴の周囲がほつれているせいで、画像の周縁部が紗（しゃ）のかかったように青く霞んでいたでしょ。家に帰ってから、心ないコメントを書き込んでいたうちの一人のアイコン画像――夕焼けを撮った写真に、同じようなパターンがあったことに思い当たったの。それで、そのアカウントの活動を遡（さかのぼ）ってみたところ、この投稿に行き着いた」

〈ずっとやばい人だと思っていた校長、やっぱりクビになった！〉

「これ、うちの中学校の話だよね。他にも、バラエティ番組で失言をした若手俳優がいかに世間知らずかを分析してみたり、客席に投げこまれたギターのピックを子供から強奪したように見えるライブ映像の人を叩いてみたり。内容はどんどんエスカレートしていたけれど、なまじ気の利いた視点もあるものだからタチが悪かった。そしてどれも、いかにも桐人くんの考えそうなことだと、わたしは思った」

その声には憤りも呆れも滲んでいない。凪いだ海面のように平坦だ。

藤原さんの推測は当たっている。

彼女から例のインタビュー動画の相談を受けたとき、ぼくは内心肝を冷やしていた。放送があった日の夜、ぼく自身もその投稿にネガティブなコメントをしていたのだ。けれど匿名のアカウントだったから、自分だとバレるはずはないと高を括っていた。彼女に協力し、お姉さんを助けようと躍起になったのは、ばつの悪さを打ち消すためでもあった。

「知らなかったんだ。あれが君のお姉さんだったなんて……」

だんだんと語尾が萎んでいく。弁解として意味をなしていないことはわかっていた。

「追い詰めるつもりはないの。ただ、どうしても知ってほしかった。お姉ちゃんが本当は何に傷つけられたかってことを。桐人くんたちは被害者なんかじゃなくて、加害者なんだよ」

それどころか、ぼくは今の今まで、自分はみんなを救ったヒーローであると錯覚していたのだ。ごく自然に、都合のいいところだけを切り取っていた。

「実はわたし、桐人くんのことがずっと苦手だったんだよね。桐人くんがみんなの靴をじろじろ見ているのも、ちょっとした言葉選びから人間性を考察するのが好きなのも知っていた。それがすごく、怖かったんだ。思わぬことで『性格が悪い』と判定されたり、もっと言えば、その分析に核心を突かれたりしちゃうんじゃないかって。お姉ちゃんを今苦しめているものも、きっと同じ恐怖なんだと思う」

人間性を見られるのが怖いという感覚が、ぼくの中にどれだけあっただろうか。

「そうか……ごめん。でも、それがぼくという人間だから……」

藤原さんはふっと口元を緩めた。今日初めて見せた感情らしい感情だった。

「別に桐人くんのおかげで、お姉ちゃんへの誤解が解けたんだから。観察が当たることや役に立つこともある。現に桐人くんが全部間違っているだなんて考えていないよ。けれど、推理できないことまで推理されるのは怖いんだよ。桐人くんだって、知らない人に『スマホの画面がひび割れたまま使っているあなたはきっと私生活が乱れている』なんて言われたら嫌でしょ。

多分桐人くんは、言葉は人の内面を映す鏡だと、そんなふうに思っているんじゃないかな」

素直にぼくは「うん」と答えた。そんなふうに、思っていた。

「じゃあさ、先週の授業で、答えに詰まったわたしを平沢さんが笑ったことを覚えてる？」

突如切り替わった話題に困惑しながらも、ぼくは頷く。

「あれは平沢さんがわたしを助けるための機転だったんだよ。あのとき、わたしは答えを思い出せなかったんじゃなくて、発音できずに困っていたの」

「え、どういうこと？」

彼女の言うことをうまく飲み込めない。

「わたし、昔から、特定の文字から始まる言葉を喋ろうとすると詰まっちゃうことがあるんだ。

難発性の吃音っていうのかな。かなり治ってはきたんだけれど、今でも……群を抜いて苦手なのはね――」

そこで藤原さんの口が半開きのまま凍りついた。息を吸い込み、じれったい数秒の後、ようやく絞り出す。

「『だ』、から始まる単語なの」

はっと息を呑んだ。

あのとき藤原さんは、「大日本帝国憲法」を、音として発することができなかったのだ。そんな人がいるなんて、考えもしなかった。

「平沢さんとは付き合いが長いから、この症状のことも知っているの。それで平沢さんは、『思い出すのに手間取っているだけだ』とフォローしつつ、緊張感のある空気を和らげて、わたしが自分のタイミングを摑むまでの時間を稼いでくれたんだと思う。何も知らないと平沢さんが悪者みたいに見えたかもしれないけどね」

ぼくは絶句して目を瞬かせるほかない。

それでね、と藤原さんは語を継ぐ。

「自分の言いづらい単語はわかっているから、『あ、この単語は今、発音できない』と予感したら、すぐに別の単語へ言い換えるようにしているの。この前桐人くんと話していたときも、今どきの軽薄な若者の『権化』って大袈裟な表現をしたけれど、最初は今どきの軽薄な若者の……『代表』って言おうとしたんだ。さっきも、『群を抜いて』苦手って言う前に、だっ……『断トツで』と……『段違いに』を頭の中では経由していたんだよ」

藤原さんは何度も言葉につかえながら説明してくれた。彼女がときたま見せる個性的なワードセンスには、そんな理由があったのか。

「場合によってはね、スムーズに話すために、事実や気持ちを捻じ曲げることもあるんだ。本当に思ったことよりも、発音しやすい言葉を優先してしまうの。それだけに余計、桐人くんのその『目』が怖かった。思いがけない部分を観察されて、評されて、言いふらされるんじゃないかっていつも不安だった」

「そんなこと……」

しない、と言いたかった。

しかしすでに、思い当たる節がいくつかある。平沢さんの件で「さっきは大丈夫だった？」と声をかけたとき、藤原さんは意味深な間をおいてから「平気だよ」と応じたが、あれは単に「大丈夫だよ」の一言を発することができなかっただけだったのだ。さらに、さほど親しくもなかったぼくのことをいきなり名前で呼んだのも、名字の「伊達」の発声を諦めたからだったのだろう。どちらにもそれ以上の意味はなかったのに、ぼくは勝手に彼女の心情を慮(おもんぱか)ったり、滑稽(こっけい)にも胸を躍らせたりしていた。

これだけなら、ただの無害な勘違いということで済む話かもしれない。だが、それが悪い方へ、相手を貶(おとし)める方へ転がることはなかったと言い切れるだろうか？

何しろ、ぼくには前科が何個もある。

「……ありえたかもしれない。すまなかった」

ぼくは頭(こうべ)を垂れる。ありえたかもしれないということが、自分でも恐ろしい。

「謝らなくてもいいんだよ。わたしの事情も、平沢さんがそれを気遣ってくれたことも、桐人くんは全く知らなかったんだから。でも、そういうことって他にもたくさんあると思うの。当人同士には通じる冗談が悪口っぽく聞こえちゃうこともあるし、一時の感情やその場の圧力で思ってもないことを口走ってしまう人もいるでしょ。傍からでは、表面しか見えないけれど」

藤原さんの事情は特殊ではあるけれど決して特別なことではなく、ぼくの見落としてきた裏側というのは無数にあったのかもしれない。ぼくのお辞儀は深くなる。

藤原さんは柔らかな口調で続けた。

「言葉だって所詮、人の内側にあるもっと複雑に重なり合っていて、文脈を持った何かを、その時々で大雑把に切り取ったものにすぎないんじゃないかな。重要なときほど慎重に、言葉を尽くすべきだけれど、それでもイコールにはならないんだよ」

だから言葉は、人の内面を映す鏡とは限らない。

藤原さんの言わんとすることがわかってくる。

わずか数十秒の動画から他人の人格を判断しようだなんて、とんだ思い上がりだったのだ。そうした安易な「推理」を大っぴらにする暴力性、された側の感じる恐怖に、ぼくはあまりに無自覚だった。見た目や即興の言葉選びなんかより、もっと時間をかけて、もっと近くで見るべきものがあるはずだった。

「なんて、偉そうに語っちゃったけれど、わたしも人のことは言えないの。あの〈ネットに落ちているって言い方する人嫌いだな〉っていう投稿を目にしたとき、こんなことをわざわざ言うのは救いようのないほど卑劣で性悪な人間に決まってるって思ったもん。でも、お姉ちゃんのために力を尽くしてくれた桐人くんの優しさだって嘘じゃないはずだし、今も本気で反省しているように見える。悪意をぶつけて憂さ晴らしをするような人たちとは全然違うよ。桐人くんは、人を傷つけるような『言葉』を使ったけれど、本当は人を傷つけるような『人間』じゃないよね」

言葉と人間はイコールではない。心はもっと複雑に重なり合っている。

するとぼくにとっての「文脈」は、想像力の欠如であり、分かったようなことを言ってみたくなるお年頃であり、ひょっとすればあの校長だったのかもしれない。多分、それらは上書きできるものだ。

――いや、それでもきっとぼくは、これからも誰かの靴の汚さに眉を顰（ひそ）めたりしてしまうのだろう。けれど、道中うっかり水溜りに踏み込んだ可能性を考慮に入れるくらいのことは、すると思う。

ぼくは藤原さんの慈悲に、何も言わず、ただ深く一礼した。

「とはいっても、お姉ちゃんは落ち込んだままだし、まだ桐人くんのことはちょっと怖くて、ちょっと嫌いだからね。まあ」

そこで藤原さんはしばらく口をつぐんだ。

やがて彼女は悪戯（いたずら）っぽい微笑を浮かべ、自分のタイミングで、続きを言う。

「……大っ嫌いになるかどうかは、これからじっくり決めるよ」

カエル殺し

1

アップテンポな出囃子が鳴り止むと、白色のスポットライトが舞台上の人物を照らし出す。真っ赤な外套と金髪のカツラを身につけた男が、左手に竹編みの籠、右手にマッチ箱を持って佇んでいる。

「マッチは、いかが。マッチは、いかがですか？」

少女に扮した男が甲高い裏声で呼びかけると、客席には忍び笑いが波紋のように広がった。ここはまだ笑いどころではないのに、と最後列に座る篠原美妃は少しだけ眉根を寄せる。

「一本でもいいんです。誰か、マッチを買ってください」

すると上手から、シルクハットを被った裕福そうな身なりの紳士が現れた。少女に憐れむような目を向け、つかつかと歩み寄る。

「お嬢さん、マッチを一箱くださいな」紳士は紙幣を差し出した。「お釣りはいらないよ」

「ほ、ほんとですか！」

少女は感激したように目を輝かせ、紳士にマッチ箱を一つ手渡す。それじゃあ、と爽やかに手を振って立ち去ろうとする紳士を、少女が呼び止める。

「――あの、本当に一箱で大丈夫ですか?」

「え?」

「実はこの商品、二箱以上のご購入で大変お買い得となっていまして」

少女の口調が豹変し、美妃は思わず噴き出した。目を白黒させる紳士に、少女は悪徳業者さながらの営業トークで追い討ちをかける。手を変え品を変えマッチを売りつけようとする少女の目眩く弁舌は、滅茶苦茶なようで妙に筋が通っていて、紳士が嘆くようなツッコミを小気味よく繰り出す度に劇場は笑いの渦に包まれる。

「……きみ、うちの会社に来ないか」

擦ったマッチの光でプレゼン資料を投影し始めた少女を、すっかり魅了されてしまった紳士がスカウトしたところで、舞台は暗転した。惜しみない拍手が送られる中、美妃は笑いすぎて目の端に滲んだ涙を人差し指の背で拭った。

「やっぱり最高ですね、『井の中のかわズ』。一番ウケてましたよ」

ライブが終わるや否や、美妃は興奮気味に感想を口にした。

「ああ。悔しいけど、近いうちに売れるよ、彼らは」

一緒に来た岩本達明も、同期の実力を認めているようだった。「井の中のかわズ」は少女役をしていたボケの古井省吾と紳士役をしていたツッコミの戸田光則からなる、結成五年目のお笑いコンビだ。まだテレビ露出は少ないがライブシーンでは確実に存在感を増しており、お笑い鑑賞が趣味の美妃も二年ほど前から彼らのことを追っていた。今回は、「井の中のかわズ」と同じ事務所に所属する芸人であり、美妃の大学時代の先輩でもある達明に頼んで、ライブの席を用意してもらったのだ。

「美妃ちゃんも挨拶していくだろ、古井たちに」

「えっ、今から楽屋に行くってことですか？　い、いや、恐れ多いですよ」

「そんな畏(かしこ)まるなよ。あいつらにとっても貴重なファンなんだし、おれの紹介なんだから嫌がったりしないって」

ご迷惑にならないのなら、と頷(うなず)いた美妃の声は隠しようもなく弾んでいた。何度も客席から見てきた「井の中のかわズ」と、面と向かって話せるまたとない機会だった。

達明の案内で演者用の廊下を進む。舞台裏の楽屋に入った彼は、程なくして戻ってきた。その後ろから古井省吾と戸田光則が並んで顔を出すなり、美妃の脈拍は速くなる。

「うっす、達明の友達なんだって？　今日は見に来てくれてありがとな」

省吾は童顔に人懐っこい笑みを湛(たた)え、片手を挙げた。舞台上では、ときに情熱的に、ときに冷然と自身の主張を展開する変わり者を演じることが多いが、今目の前にいる彼は気さくな好青年そのものだ。

「あの、篠原美妃といいます。前からお二人のネタが大好きなんです。古井さんの演じるキャラクターの、メルヘンな世界の中でのアンバランスさが最高で、振り回される戸田さんのツッコミにも共感できるっていうか」

「分析されちゃってるな」光則は跳ねた茶髪を撫で付けながら苦笑した。細身で黒縁メガネのよく似合う彼は、「井の中のかわズ」のネタ作り担当でもある。「君は相当なお笑い好きと見た」

「いやいや、全然そんなことないです……」

美妃は肩を縮めた。二人がわずか一メートル先、自分と同じ高さの場所に立っている現実が、未だに信じられない。

「そうだ、これからみんなで飯(めし)行かね？　大事な大会前にお客さんの生の声を聞きたかったところなんだよ」

続く省吾の言葉に、美妃は卒倒しそうになった。美妃ちゃんならぴったりだ、と親指を立てる彼の提案を、断る理由はもはやなかった。


初めは緊張でほとんど話せなかった美妃だが、グラスを空(あ)けるごとに饒舌(じょうぜつ)になり、ネタの作り方からコンビ結成の経緯まで積極的に尋ねていた。

「おれたち幼馴染(おさななじみ)なんだけどよ、大学を卒業する頃かな、こいつが急に誘ってきたんだ」と省吾は光則の肩に手を回す。「二人でお笑いの天下を取らないか、って」

やめろよ、と光則は暑苦しげに省吾の腕を振り払った。

「おれは内定を蹴って、こいつについていくことにしたんだ。そっちの方が面白そうだったからな」

「すごいですね……」美妃は本心からそう漏らした。軽い調子で言うけれど、簡単な決断ではなかったはずだ。

「言ってしまえばギャンブルだよな。でも光則は、おれの出会った中で一番面白いことを考えるやつだったから、勝算があったんだ」

「気持ち悪いことを言うな、アホ」

省吾の肩を小突く光則は、しかし満更でもなさそうな顔をしている。

「NEWお笑いグランプリ、ついに決勝進出したんだろ」微笑ましそうに二人を見ていた達明が口を挟んだ。「売れっ子目前じゃないか」

「優勝しないと意味がない」光則は冷静だった。「ぼくたちはデビューからそこを一つの目標にやってきた」

NEWお笑いグランプリといえば若手芸人の登竜門となる大会だ。優勝者は漏れなくテレビに引っ張りだこになる、芸人なら誰もが憧れる舞台。だが今の「井の中のかわズ」の勢いなら、優勝も決して夢ではない。

「いけるだろ。やっとおれたちのスタイルが見えてきて、笑いの取り方にも手応えがある。すげー楽しいんだ、今。最高だぜ」

アルコールで顔の火照った省吾は目をきらめかせる。熱くなる彼を宥めるかのように、光則は水の入ったコップを彼の前に滑らせた。いいコンビだ、と美妃はどこか羨ましくなる。

「応援してます。させてください」

飲みの席の後半は、ほとんど美妃と省吾だけで喋っていた。年上とは思えない省吾の純真さと飾らないユーモアがツボに入り、美妃はずっと大笑いしていた。ますます古井省吾の虜になった美妃は、帰り際に彼と連絡先を交換した。

それから二度ほど省吾と二人で食事をし、次に舞台に立つ彼の姿を客席から眺めたときにはもう、「面白い」とは別の感情が芽生えていた。大会前に迷惑ではないかと数日悩んだが、いつまで省吾が会ってくれるかわからない。早く気持ちを伝えたい、という思いは募っていった。会ったときの態度ややりとりから察するに、向こうも美妃のことを憎からず思ってくれているはずだ。そう自分に言い聞かせはするものの、いざ連絡をするまでさらに数日かかった。

コントの衣装をそのまま私服代わりにしているのか、ライブ終わりの省吾は、派手な柄のジャケットを羽織って待ち合わせ場所に現れた。いきなりどうしたんだよ、と聞く声が少し白々しい。

「省吾くんにどうしても伝えたいことがあって。大事な大会の前に困らせたくはないんだけど」

「おう、なんだ?」

「省吾くんのことを好きになっちゃって……」

美妃はそこで言葉を止め、省吾の反応を窺った。目をぱちくりさせる彼が本当にこの台詞を予期していなかったのか、判断がつかない。数秒の沈黙が流れ、美妃は慌てて言葉を付け加える。

「あの、だから」

「わりぃ」省吾は片腕を上げて美妃を制した。「嬉しいけど、今はお笑いに集中したいんだ」

そんな、という驚きと、やっぱり駄目か、という諦めが交錯した。真っ直ぐな彼の眼差しを見て、急に美妃は自分の行いが恥ずかしくなってくる。スターダムを駆け上がる彼に告白するなんて、分不相応だったのかもしれない。

「ごめん。そう……ですよね」

「おいおい謝るなって」省吾は何事もなかったふうに白い歯を溢した。「今週末が勝負だから、応援してくれよな」

じゃあ、と踵（きびす）を返して去っていく彼の背中を、美妃は一歩も動けずに見つめていた。よく研（と）がれた刀で一思いに両断されたような、全く嫌味のない振られ方だ。だからこそというべきか、美妃は省吾のことを諦められそうになかった。

2

「だから、もうちょっとそこに感情を込めてくれ」

事務所の空き部屋で長台詞を練習していた省吾を、光則は静かな声色で遮（さえぎ）った。

「はいはい」省吾はやや不服そうに演技を中断する。「おれとしては、結構激しく言ったつもりだったんだけどな」

「足りない。カエル役の熱量がもっと必要だ。この手のネタは説得力が命なんだからな。自分の考えが正しいと信じ切っているような、もっと真に迫った芝居をしてくれないと」

決勝にはグリム童話『カエルの王さま』を下敷きにした、比較的新しいネタで挑むことに決めていた。

『カエルの王さま』は王女が醜（みにく）いカエルと約束を交わすところから始まる物語だ。終盤で王女は、その約束を反故（ほご）にした挙句、カエルを壁に投げつける。そのタイミングでカエルにかけられた魔法が解けて立派な王子の姿に戻り、二人は結婚して幸せに暮らす——そんな筋立てを、光則は昔からひどく理不尽だと感じていた。今回のコントは、王女からの扱いを根に持ったカエルが、王子の姿になってからみみっちい理屈で王女を執拗に詰り続ける、という設定のものだった。

「おっしゃ、もう一回最初から通そう」

普段は光則の注文に不貞腐れがちな省吾も、今日ばかりは素直に受け入れて、自分の顔をパンと叩いた。大会は明後日に迫っている。ライブに何度かかけたネタだが、完成度をもっと上げなければならない。

それから一時間ほどネタ合わせを続けていると、「精が出るな」と茶化すような声とともに、同じ事務所のピン芸人、升岡秀樹がドアから顔を覗かせた。光則も省吾も、入所直後からよく可愛がってもらっている七期上の先輩だ。

「当たり前っすよ、もうすぐ本番なんですから！」と省吾が振り返る。

「そうだよな。あんまり根を詰めすぎるなよ」そこで升岡はくい、とグラスを呷る仕草をした。

「どうだ、これから景気付けに一杯」

「ありがとうございます！」

昼間のライブで得るなけなしの稼ぎをその晩の飲み会で使い切るような生活をしている二人にしてみれば、先輩からの誘いに乗らない手はない。行きます、と光則も二つ返事で承諾した。

「大会前に、よりにもよって升岡さんにご馳走になるだなんて、縁起がいいんだか悪いんだかわからないっすね」

生ビール一杯二百円の居酒屋で、ジョッキを片手に省吾は軽口を叩いた。失礼だろボケ、とすかさず光則は彼の腕を小突く。升岡は苦笑いしながら、遠慮せずに頼めよ、と胸を張った。

芸歴十二年目の升岡は、未だ全く売れていない。実力はあるのだ、と光則は思う。彼のフリップネタはいつも着眼点が独特で、台詞回しも達者だ。升岡の出番になると、ネタを見に来た芸人仲間で舞台袖は溢（あふ）れ返る。間違いなく、彼は面白い。

ただ、絶望的に華がない。ヒョロリとした体軀（たいく）に、一度目を逸（そ）らせば忘れてしまいそうなほど平凡な顔立ち。彼がお茶の間の人気者になるところを、光則は想像することができなかった。それでも升岡が慕われるのは、同業者なら認めざるを得ない芸人としての力量と、自分のジュース一本を買うのも惜しむほど懐（ふところ）が寂しかろうが、後輩には気前よく奢る人の好（よ）さゆえなのだろう。

「升岡さんも例のピン芸人の大会、順調に進んでいますよね」と光則は水を向けた。

「ああ、笑いタイマンな。この間の準決勝で結構ウケたんだよ。もしかしたら決勝も、あるかもしれない」

「おれたちと一緒に優勝しましょう、先輩！」

省吾の言葉に升岡は豪快に笑って、発泡酒を一気に飲み干した。

「真面目な話、おまえらは売れると思うぜ。何せ、ネタが面白い。おれとは違って学もあるし、素行も悪くない。タバコもギャンブルもやらないなんて、うちの事務所ではおまえらくらいだ。今時は品行方正な芸人の方がテレビも安心して使えるだろ」

光則たちを揶揄（やゆ）するようでもあり、少し自虐的でもある言い方だった。升岡さんのネタも面白いです、と間髪（かんはつ）容れずに光則はフォローする。

「あの、一つくだらないこと聞いてもいいですか？」省吾がそこでトーンを落とした。「例えばですけれど、その……ファンの子に手を出すのって、升岡さんはどう思います？」

何を言い出すのかと思ったら、そんなことか。光則はツッコもうと口を開きかけたが、彼の妙に真剣な表情を見て思い直す。

「ろくにファンもいないおれに聞かれても、って感じだが」升岡も省吾がふざけているわけではないと悟ったようで、変に冷やかすことなく応じた。「別にいいんじゃないか？　本気ならな」

なるほど、と省吾は噛み締めるように頷いた。そんな心配は売れてからにしろ、と光則は冷めた声で呟く。

「まあ、おまえたちにとって明後日が大事なチャンスなのは間違いないが、楽しむことを忘れるなよ。それにおれを見てたら、売れなきゃっていう焦りもなくなってくるだろ」

升岡はにんまりとし、「がんばれよ」と発破をかけた。むしろ焦りますよ、と省吾はおどけ、光則は彼の頭をぽかりと叩いた。


収録スタジオのステージから見る光景は、いつもの小劇場とは全く違った。眩いカラフルな照明と、いやに遠くにある観覧席、そして視界の端に映る錚々たる顔ぶれの審査員。光則は早鐘を打つ心臓を抑え、最初の台詞を慎重に発する。向かいにいる省吾も緊張しているのが、不安定に揺らぐ視線から伝わってくる。

とにかくいつも通りにと、本番前に何度も確認し合った。ネタが中盤に差し掛かるにつれ、体の硬さはほどけていく。欲しいところできちんと笑いが来て、どんどん勢いに乗ってくる。最後のオチを終えて盛大な拍手に包まれると、やり切った達成感が光則を満たした。悔いはない出来栄えだ。舞台袖にはけながら、省吾と無言で拳を合わせた。

決勝に残った十組すべてのネタが終わると、演者はステージに集められた。封筒を手に持った司会者が中央のマイクの前に立ち、深呼吸してから中身を取り出す。ここで名前を呼ばれるシーンを、光則は幾度となく想像してきた。

「優勝は」

決まるのは、大会の優勝者以上の何かだ。ほとんど恐怖に近い感情に迫られて、全身の血が熱くなる。

「井の中のかわズ！」

パーン、という派手な音とともに、金色の紙吹雪が宙に舞った。一瞬、何が起きたかわからなかった。周りの芸人たちに拍手を送られ、目を潤ませた省吾に肩を組まれる。司会者にマイクを向けられ、今の気持ちを、と促される。

「うおおおお！」

訳もわからず光則は両手を突き上げた。考えてあったコメントなど吹き飛んでいた。

芸人になると伝えたときの親の蒼ざめた顔、省吾を引き込んだ日の誓い、初めての舞台で大すべりして飲んだやけ酒。今日までの出来事が走馬灯のように駆け巡る。芸人になってよかった。続けてきてよかった。

放送が終わるなり、光則は省吾を抱きしめて快哉を叫んだ。

3

「井の中のかわズ」をテレビ番組で目にするたび、美妃の胸はちくりと痛んだ。もちろん彼らがNEWお笑いグランプリで優勝を果たしたときは自分のことのように喜んだが、生き生きとした笑顔を見せる省吾を画面の中に認めるとやはり駄目だった。

　気持ちを切り替えなければと頭ではわかっていても、いつの間にか省吾のことを考えている。もう一度連絡を取ろうか、いや、そんなことをしても仕方がない——悶々（もんもん）とした気持ちを抱えたまま三週間ほど経ったある日、省吾から「久しぶりに会いたい」という簡素なメッセージが届いた。

　嬉しくなかったといえば嘘になる。いくらかの躊躇（ちゅうちょ）を挟んでから、美妃は「わかった」と返信した。

　翌日の昼過ぎ、待ち合わせ場所に現れた省吾は、以前よりも所作が洗練されていた。予約してもらったレストランの個室に入り、お互いの出方を探るように通り一遍の世間話を続けた。二人の皿が空（から）になった頃、省吾が切り出した。

「この間はごめん。芸人としてすごく大事な時期だったから、お笑いに集中したいとか言って。でもしばらく会わずに、仕事も忙しくなる中で、はっきり気づいたんだ。おれやっぱり、美妃ちゃんのことが好きだ」

呼び出されたときからもしかしたらとは思っていたが、いざ伝えられると頭が真っ白になった。

「よかったら、おれと真剣に、付き合――」

「ぜひ！」

省吾が言い終わるよりも早く、美妃はそう答えて頭を下げた。マジ、やった、と無邪気にはしゃぐ省吾を見ると、こんなに幸せなことが自分に起きていいのかと心配になるくらいだった。

省吾がライブを控えていたため昼食後に解散し、次は一週間後の夜に会うことになった。途方もなく長い七日間だった。当日、美妃はめいっぱいのお洒落をし、居酒屋に向かった。焼き鳥や揚げ物の並ぶテーブルを挟んで、身の上話を語り合った。お笑いとは無関係な話題が新鮮だった。

だが夜が深まるにつれ、省吾の話には愚痴が混じり始めた。

「テレビの仕事が慣れなくてさ、ほんと大変なんだよ。休みはないし、光則も最近異常に機嫌悪いしよ」

合いの手を入れながら、美妃の中にあった違和感は少しずつ膨らんでいった。今日省吾と会った瞬間から何かがおかしかった。

思っていたよりも、楽しくないのだ。

決して話が弾まないわけではない。省吾が自分を楽しませようとしてくれているのもわかる。だが、ずっと好きだった人が目の前にいるはずなのに、どうにも心が浮き立たない。

「そうなんだね。でも、憧れの世界なんでしょ？」

「その通りだな。今が踏ん張りどころだ」省吾は情けなさを誤魔化すように深く頷いた。「やれるだけやってみるよ。それに今のおれには美妃ちゃんがいるから、がんばれそう」

歯の浮くような台詞に、美妃はどう返事をしたらいいかわからず、一拍遅れて作り笑いを浮かべた。

店を出ると、省吾が不安げに顔を覗き込んでくる。

「あんまり楽しくなかった？　疲れてる？」

自分の戸惑いに気づかれたようだ。「そんなことないよ」と慌てて取り繕うが、省吾の表情は変わらない。

「本当？　おれのこと、好きなんだよな」

もちろん、と答える小声は棒読みになってしまう。

隣を歩く省吾は「ふーん」と口を尖らせ、美妃の右手に向かって左手を伸ばす。美妃はその手を反射的に撥ね除けた。ほとんど防衛本能だった。

「あ、ごめん」

すぐに謝ると、省吾は足を止め、引き攣った笑みを浮かべる。

「おい、どうした？」

再度手を差し出してくる彼を見て、美妃ははっきりと感じた。

——気持ち悪い。

「ご、ごめん！」

美妃は省吾の顔も見ずに駆け出した。なぜ省吾に対してそんなひどい言葉を思い浮かべたのかわからない。とにかく、一刻も早くこの場から去りたかった。角を曲がる直前に振り返ると、呆然と立ち尽くす省吾の姿が遠くに見えた。

家に帰って鍵を閉め、乱れた息のまま高校以来の友人である香織（かおり）に電話をかけた。とりとめのない美妃の話を、香織はこまめに質問を挟みつつ聞いてから、診断を下すように告げた。

「それ、蛙化（かえるか）現象だよ」

初めて聞く言葉だった。香織の説明によると、ずっと好きだった人が振り向いてくれた途端、相手に対して嫌悪感を抱いてしまう現象のことだという。その呼称は、魔法が解けてカエルが王子に戻るグリム童話『カエルの王さま』に由来するらしい。起こっているのは、その反対の変化なのだが。

「珍しいことじゃないよ。それに、あんた恋愛経験少ないから、そういうこともあると思う」

自分の意味不明な心の動きに名称がついているということは、少しだけ心強くもあった。

「わたし、これからどうしたらいいの？」

「相手の人を傷つけたのは間違いないけれど、そう感じてしまったのはどうしようもないんだから、無理をして一緒にいる必要もないんじゃない？」

香織はあくまで冷静だ。彼氏が途切れないだけあって、この種の相談はお手のものだった。

「あんたがどうしたいかだよ」

どうしたいか。別れてすぐに省吾からは体調を気遣うメッセージが届いていたが、返信できずにいる。

「ありがとう。よく考える」

電話を切り、美妃はベッドに倒れ込んだ。あんなに好きだった彼の顔を、今は思い浮かべることすら億劫だった。

翌日、省吾の出番前に時間をもらい、劇場付近のカフェで待ち合わせた。美妃を見る省吾の目には、強い警戒心が見え隠れしていた。

「昨日はごめんなさい。あんなひどいことをしちゃって」

「別にいいけどさ」省吾の表情は硬いままだ。「一体どうしたんだ？」

「省吾くんは、蛙化現象って知ってる？」

突然出てきたフレーズに、省吾はきょとんとした顔をする。

「蛙化……？　あ、カエルが地面の色に合わせてカメレオンみたいに皮膚の色を変える習性のこととか？」

「違うよ——あのね、気を悪くしないで聞いてくれると嬉しいんだけど」

美妃は自分の気持ちの変化や、昨日香織から聞いたことを率直に語った。省吾は一通り話を聞いてから、スマホで蛙化現象を検索し、なるほど、おれたちのネタのやつな、と漏らした。呆れているようにも、失望しているようにも受けとれた。

「……おれのこと、嫌いになったわけじゃないんだよな」

「うん……自分でもよくわからなくて」哀しげに俯く省吾から、美妃は思わず目線を逸らした。

「一度、距離を置きたい」

　そっか、と省吾は何度も小刻みに頷いた。

「わかった。しばらく会わないようにしよう。おれ、待ってるから」

　彼の言動に何か問題があったわけではない。省吾は優しくて、誠実で、少年のように純粋な人だ。でも今の省吾は、以前とは何かが決定的に違ってしまっていた。

　おかしいのは、自分の方なのだ。罪悪感で胸が潰れそうになる。滲む涙を気取られる前に、美妃はもう一度だけ謝って席を立った。

4

　バラエティ番組の収録を終えて、省吾とともにタクシーに乗り込む。休む間もなくライブの出番が迫っていた。

「後半のトーク、もっとフォローに回れなかったのか」

　光則は省吾へ吐き捨てた。八つ当たりだとわかっていても止められない。

　番組の終盤に司会から話を振られ、光則は相方の精神年齢がいかに低いかを物語るエピソードトークを披露したが、用意していたオチはそこがオチであるとすら伝わらなかった。不自然に生じた間を埋めるべく、「あれ、これで終わりなんですけれど」と懸命に繋いだものの、その言い方には「ここまで計算のうちですよ」の余裕もなければ「どうぞいじってください」の愛嬌もなかった。視界の隅では、アシスタントディレクターが「次のコンビへ」とカンペを出していた。

「ありゃどうにもできないぜ。それに光則は、最初からもっと積極的に行くべきだった」

「前に出るのはおまえの仕事だろう」

「そんなこと言われてもな」省吾は憂鬱(ゆううつ)そうに窓の外を見やった。「おれも疲れてるんだよ。美妃ちゃんに距離置かれたばっかだしよ」

仕事にプライベートを持ち込むな。光則がぼそりと言うと、車内には長い沈黙が降りた。

優勝してから生活は一変した。ずっと目標にしてきた先輩と、憧れの番組で共演することも増えた。夢見ていた世界のはずだった。

だがテレビ出演は、ネタ作りやコントとは勝手が違う。化け物だ——売れっ子の先輩たちと収録をともにして、嫌というほど思い知った。彼らは頭の回転が速すぎる。どんな状況でも当意即妙なコメントで笑いを誘いつつ、制作側の要求にもそつなく応える。爪痕を残そうと奮闘する二人は無様に空回りするばかりだった。

行く先々で、おまえはここにいるべき人間ではない、と後ろ指を指されている気がした。収入は増えたが使う暇もない。仕事がなくて退屈だった頃を懐かしんでしまうほど、光則の精神は摩耗(まもう)していた。

タクシーが劇場の前で止まる。

「小道具、持ってきてるよな」

光則はぶっきらぼうな口調で省吾に確認し、返事を待たずに降車した。


拍手を背に浴びてステージを後にする。知名度が上がった分笑いを取りやすくなったことが、かえって光則の士気を削いでいた。

ともあれ、今日の仕事はこれで終わりだ。午後三時に帰れるのは久しぶりだった。光則がそそくさと帰宅準備をしていると、省吾に声をかけられた。

「おい、今日のおまえの演技、雑じゃなかったか？」

「……そうか？　いつも通りやったつもりだが」

「まさか、劇場だからって手を抜いているんじゃねえだろうな」

ちっ、と舌打ちが漏れたのは、あるいは図星を突かれたからかもしれない。

「そんなわけないだろ。ふざけたことを言うなよ」

光則はリュックサックを担ぎ、省吾の制止を振り払って楽屋の扉に手をかけた。

「どうしちゃったんだよ、光則。おまえ最近、ずっとおかしいぞ？」

うるさい。知るか。光則が悪態を吐こうとしたとき、省吾のスマホが着信音を鳴らした。電話を取った省吾は、数度相槌を打った後、突然「え、本当ですか！」と叫んだ。何かあったのだろうか、と光則は足を止める。省吾は電話を切るなり、興奮気味に光則の両肩を摑んで唾を飛ばした。

「聞けよ！　笑いタイマン、升岡さんが優勝したんだってよ！」

ほんとか、と光則は声を上げた。笑いタイマンはピン芸人対象の大会として二番目の規模で、土曜昼の長寿バラエティ番組の特別回として放送される。出場資格に芸歴の制限はなく、升岡はデビューから十年以上エントリーし続けていた。升岡がいかにスタイルを模索し、粘り強く新ネタを作り続けてきたかはよく知っている。彼の弛まぬ努力がようやく実を結んだのだと思うと、小さなガッツポーズが出た。

「やったな！」

省吾はプレゼントをもらった小学生のように相好を崩した。光則の頬も自然と緩む。作り物ではない笑顔はいつ以来だかわからなかった。


升岡の祝勝会が事務所の先輩宅で行われることに決まり、光則たちは直行した。

「お、劇場帰りか」

玄関で出迎えたピッグ杉下（すぎした）は、省吾の鞄（かばん）からはみ出す金髪のカツラをちらりと見た。

「こんなにめでたいことはないよな。主役はまだだけど、上がれよ」

ピッグ杉下は芸歴十五年目のベテランピン芸人だ。十年ほど前、まだ光則たちが学生だった頃に、ふくよかな体つきにピンクの海パン姿で「あるある」ネタを叫ぶ芸風によって一世を風靡（ふうび）した。その後も親しみやすいキャラクターと確かなトーク力とでＣＭやテレビにしぶとく出演し続ける、零細事務所の稼ぎ頭である。数年前に郊外の住宅地に建てた三階建ての一軒家は「海パン御殿」として親しまれ、後輩芸人の溜まり場にもなっていた。ピッグ杉下の面倒見のよさは有名で、光則たちのネタも熱心に見てくれる。

「雲行きが怪しいっすね」

省吾が羽織っていた赤いコートを脱ぎながら呟いた。空はどんよりと曇っている。

「升岡もあと十分くらいで着くそうだ。会場から直接来るらしい。今のうちに準備をしよう」

玄関に荷物を置き、短い廊下を直進した先にある一階のリビングに入ると、すでに同期の岩本達明と、三期上の漫才コンビ「ニシキタノ」の西信太と北野帆高の姿があった。テーブルにはケータリングで揃えたと思しきオードブルや寿司が並んでいる。

「随分早い時間から食べるんですね」

「升岡さんは早速明日の仕事が決まったらしいんだ」光則の疑問に、西が答えた。「そんなに遅くまではいられないから、夕方から始めちゃおうってわけさ」

しばらく升岡の噂話をしているうちに、インターホンが鳴った。画面に地味な顔をした痩せぎすの男が映ると、リビングはわっと沸いた。

ピッグ杉下が出迎えに行く。ゆっくりとリビングのガラス扉を開けた升岡は、帰還した英雄を崇めるような眼差しの後輩たちを見渡し、照れくさそうに頰を搔いた。

「まさかこんな日が来るとはな」

「これまでの集大成みたいなネタだったんだよ」升岡は手羽先を食いちぎり、得意げに語った。

「でもあんなにウケて、あんなに気持ちよかったのは、初めてだった」

「升岡さんはいつかやってくれるって信じていましたよ」

光則は先輩だということも忘れ、升岡の背中を叩く。珍しく酔いが回っていた。当の升岡は飲酒をほどほどに抑えていたが、他のメンバーは例外なく顔を上気させ、口々に労いと祝福の言葉をかける。

みんな、升岡のことが大好きなのだ。

「これでちょっとは、杉下さんにも恩返しできましたかね」

升岡はピッグ杉下に顔を向けた。この中では圧倒的に付き合いの長い二人だった。

「ああ……でも、これからが勝負だぞ」

ピッグ杉下はニヤリと笑い、升岡は敵わないとばかりに首を垂れる。そんな二人のやりとりを眺め、光則は柄（がら）にもなくほろりとした。最近のおまえはおかしいと省吾に言われたばかりだったが、その通りかもしれない。どうも情緒が不安定だ。

宴会の話題は互いの近況報告に移り、さらに下世話な話へと転じた。皆は代わる代わるリビングを出入りし、連絡がたくさん来たと言って升岡も席を外したが、光則たちは次第に本来の目的を忘れ、馬鹿話に花を咲かせた。

五時を回った頃から時折、稲光が閃（ひらめ）き、鋭い雷鳴が轟（とどろ）くようになった。どうやら雷雲までは二キロほどあるようだ。窓の外を見ると、まだ雨は降っていない。

「そういや省吾、美妃ちゃんと付き合ってるんだろ？　おれの紹介のおかげだな」

達明が怪しい呂律（ろれつ）で省吾に絡んだ。

「ああ……早速大ピンチだけどな」

省吾はそれだけ言って、触れてほしくなさげにグラスに口をつけた。素っ気ない彼の反応に、達明はつまらなそうな顔をして、今度は光則に話題を振る。

「優勝して生活は変わったか？　ずっと夢だったんだろ、テレビに出まくるの」

多少はな、と光則は短く返す。見える景色が劇的に変わったとまで胸を張れないのが辛いところだが、愚痴は溢（こぼ）さなかった。下手をすれば、嫌味ともとられかねない。

だが五時二十分を過ぎてしとしとと雨が降り出す頃になると、光則は溜まっていた不満を酔いに任せて爆発させていた。

「しんどいんですよ、テレビが！　もっと上手くやれると思っていた。それなのに毎日ミスばっかりで、今まで培（つちか）ってきたはずのものが何一つ通用しないんです！」

「光則くんが弱音を吐くなんて珍しいな」

　ピッグ杉下の声に茶化すような響きは一切ない。西や北野ら先輩芸人が親身になって語ってくれる過去の経験談に耳を傾けているうちに、光則は泣いていた。彼らの優しさは身に沁（し）みたが、明日からの仕事を思うと気が沈んで仕方がなかった。

「自分には向いてないって、気づいてしまいました。どうせ次も、ぼくが現場の空気を凍らせるんです」

　どうしてこんなに苦しいのか。望んでいた生活が、やっと始まったというのに。お笑いの道を選んだときには想像もできなかった壁にぶつかっていた。

「贅沢（ぜいたく）な悩みだぞ。おれからしたらよ」と達明が背中をさすってくれた。

「わかってる――でももう、こんなことだったら……」

「おい」隣で黙って聞いていた省吾が、光則の肩に手を置く。「滅多なことを言うんじゃねえよ。おまえのせいで盛り下がってるだろ」

　優勝なんてしなければよかった。光則は喉まで出かかったその言葉を呑み込んで、怒っている省吾を睨（にら）み返す。一触即発の空気を読み取ってか、達明とピッグ杉下が腰を浮かした。

　そのとき、廊下に置きっぱなしの荷物からスマホの着信音が聞こえた。おれだ、と省吾は光則から視線を外し、リビングを出ていく。抱えた鞄からスマホを取り出し、「やべ、美妃ちゃんからだ」と呟いて、そのまま階上へ消えた。

「……まあ、もっと明るい話をしようか」

ほっとした様子のピッグ杉下は、湿っぽい雰囲気を変えようとしてか、全員のグラスに酒を注いでいく。

すみません、と光則は両手で顔を覆った。


二十分ほどで戻ってきた省吾は憔悴しきっていた。どうしたんだ、という達明の問いかけに首を振る。

「振られるっぽい。美妃ちゃんは、待ってもらうのもつらいって半泣きだった。わかんねえよ、もう。どいつもこいつも……」

省吾は自棄を起こしたように目の前のグラスを空け、「度数つよ!」と咽せる。それからピッグ杉下たちにも、これまでの経緯を話して管を巻き始めた。

結局雷雲が近づいてくることはなく六時前に雷はぴたりと止んだが、小雨は降り続いている。光則は忙しなく喋る省吾たちの輪には加わらず、上の空で窓の外を見つめた。酔いが醒めてきて、先ほど取り乱したことへの恥ずかしさが込み上げる。

もっと、気を強く持たなければ。

「ちょっと、トイレ行ってきます」

光則はそう断ってリビングを出た。腕時計の針は六時十五分を指している。階段を上る途中、達明とすれ違う。そのまま二階の手洗いで用を足すと、外の空気が吸いたくなり、三階にあるべランダへ向かった。普段から杉下邸には出入りしているので間取りは把握しているし、自由に歩き回ることも許されている。

三階のゲストルームから屋根付きのベランダに出ると、ひんやりとした外気が頬を撫でた。雨はぱらぱらと降っているが、西の空の雲間からは夕焼けが覗いていた。

そういえば、離席したきりの升岡はどこにいるのだろう。てっきりタバコでもふかしているのかと思ったが、ベランダにいないとなると、どこかの部屋で勝手に寝て明日に備えているのだろうか。

光則は何の気なしに胸の高さにある欄干（らんかん）に凭（もた）れ、道路を見下ろした。灰色のアスファルトは、雨で土が流れてきたのか焦茶色に染まっている。

「――えっ」

光則は我にもなく素（す）っ頓狂（とんきょう）な声を出した。道の中央に、見覚えのある服を着た人が倒れていた。

まさか。光則はゲストルームを出て階段を駆け降りる。急いで玄関の鍵を開けて外に出ると、外壁に沿って走り、家の裏手に回り込む。ベランダの真下、路地の中央に転がっているのは――うつ伏せで大の字になった升岡だった。

「うわあ！」

どういうことだ。升岡は、ベランダから落ちたのか。血の香りが雨の匂いに混じっている。あまりの光景に体が動かない。

「どうしたんだ！」

光則の絶叫を聞きつけたピッグ杉下たちが、リビングから揃ってやってきた。

「ま、升岡さんが……」

微動だにしない升岡に、ある者は耳をつんざくような悲鳴を上げ、またある者は深い嘆息を漏らした。ピッグ杉下は「大丈夫か！」と声をかけながら、ずぶ濡れになった男の体を抱き起こす。それは間違いなく升岡秀樹で、すでに息がないことも明らかだった。頭のあたりから流血し、シャツとズボンの前面は泥で汚れている。腕はあらぬ方向に曲がっていた。

「ぎゃあ！」

不意に北野が自分の足元を指差して叫んだ。升岡の体から通りをさらに五メートルほど進んだ先に、茶色の小さな塊（かたまり）が落ちている。

「なんだ、これ」

光則は反射的にえずいた。

そこにあったのは、無残に潰れたカエルの死骸だった。

5

十分ほどで駆けつけた警官らは、光則たちをリビングに待機させて現場確認を行った。

升岡秀樹は前頭部からアスファルトに激突し、即死だった。遺体に動かされた形跡はなく、ベランダからの転落死とみて間違いないという。打ちどころが悪かったようですね、という警官の所見が、光則にはやけに薄情なものに聞こえた。

大会で優勝した直後の升岡が飛び降り自殺したとは考えづらい。酒気（しゅき）を帯びていたこともあり、光則はまず事故死の可能性を思い浮かべた。欄干は胸の位置まであるからうっかり体を滑らせるようなことはないだろうが、万能感に酔いしれていた升岡が、欄干に腰掛けるなど危険な体勢をとったのかもしれない。

しかし、警察が事件性を疑っているのは明らかだった。持ち物検査で特に不審なものは出てこなかったが、続いて警官は「形式的なことですから」と形式的な断りを入れ、一人一人の行動を聴取していった。

升岡は四時四十分頃に宴会を抜け出した。旧友からの祝福のメールや仕事の連絡を確認すると言っていたが、彼のズボンのポケットからはスマホの他に開封したてのタバコが一箱出てきたから、一服することも考えていたようだ。

それから遺体が発見される六時二十分まで彼の姿を見たものはなく、解剖を待たずしては死亡推定時刻もそれ以上絞れなかった。升岡が倒れていた路地はリビングのすぐ外だが、生憎（あいにく）窓から落下が見える位置ではない。道幅は車一台がかろうじて通れる程度で、人通りはほとんどないため、目撃者にも期待できなかった。

玄関のドアには鍵がかかっており、リビングからも丸見えだ。窓も全て内側から鍵がかけられ、侵入はできない状態だった。仮に升岡を突き落とした犯人がいるとすれば、容疑者は家の中にいた光則たちに限られる。

では、升岡が席を外してから死体が発見されるまでの間、誰に犯行が可能だったのか。三階に行ってベランダから升岡を突き落とすだけなら七、八分でお釣りがくるだろう。待たされている間に情報共有をしたところ、ずっとリビングにいたピッグ杉下を除く四人には、それぞれアリバイのない時間帯が十五分以上あることがわかった。

まず「ニシキタノ」のツッコミ西信太は、升岡がリビングを出た直後、彼を追うように二階の手洗いに立った。所要時間は十五分ほどで、五時前には戻ってきた。腹を下していて遅くなったのだ、と西は釈明した。

一方、ボケの北野帆高は五時からの十五分、非喫煙者の光則と省吾に配慮し、三階のベランダまで一服しに行った。升岡は見かけなかったが、他の部屋を覗いたわけではないし、ましてや真下に落ちているかどうかなど確認しなかったらしい。

五時三十六分の着信で席を立った省吾は、三階のゲストルームに向かったそうだ。約十分間通話したあと、五分ほどその場で気持ちの整理をしていたという。戻ってきたのは五時五十五分頃だった。

同期の漫才師、岩本達明は、六時から十五分間、手洗いで不在だった。ほろ酔い状態だったので移動に時間がかかったようだ。

光則は達明と入れ替わるように、六時十五分にリビングを出た。升岡を突き落として自ら第一発見者となったという理屈も通るのだから、光則も容疑者の一人だった。

そして、光則の網膜に焼き付いて離れない、あの生々しいカエルの死骸。この近辺に生息するニホンアマガエル一匹が、不幸にも車に轢(ひ)かれたらしい。リビングにいると車の通る音がときたま聞こえたが、玄関側の大通りを通ったのかリビング側の路地を通ったのかまでは判断できず、いつカエルが轢かれたかはわからなかった。

「――なあ、升岡さんは殺されたんだと思うか？」

翌日に予定していたネタ番組の収録は中止となり、マネージャーに呼び出された光則たちは朝一番で事務所に向かっていた。昨晩はまともに眠ることができず、体が鉛のように重かった。

「さあな」

隣を歩く省吾の投げやりな返事には、激しい憤りが滲んでいる。無理もない。彼は誰よりも升岡のことを慕っていた。

「事故だとも思えねえけどな」

「仮に殺人だったとして、ぼくらの中に犯人がいるんだろうか？　升岡さんを殺す理由なんて、誰にもないはずだ」

「そんなことは本人にしかわからねえだろ」

「大会で優勝したばかりの升岡さんを、みんな心から祝福していた」光則はそこで言葉を止める。「――ように見えていただけか。むしろ、ついに結果を出した升岡さんに対する僻みが生まれたのか？」

光則は「ニシキタノ」の二人と達明の顔を頭の中で並べた。彼らには賞レースでの入賞経験がなく、ピッグ杉下や光則たちと比較すると未だ燻っている。同類だと思っていた升岡が遅咲きのブレイクを果たすのを、彼らは素直に喜べただろうか。

「動機を考えても仕方ないな。誰に犯行が可能だったか、だが……各人がリビングにいなかった時間帯はバラバラだ。犯行時刻がわかれば、自ずと容疑者は絞り込まれる」

光則は顎に手をやる。どうすれば升岡が転落した時刻を突き止められるだろう。

「升岡さんの携帯電話の使用記録を調べれば、いつまで生きていたかはっきりするんじゃねえの？　それに、升岡さんは四時半頃まで軽食をとっている。食べ物の消化具合も判断材料になりそうだ」

省吾の指摘はなかなか鋭かった。

「なるほど。亡くなった時刻を詳細に割り出せてもおかしくない」

「犯人がわかるのは時間の問題ってわけだな。にしても、犯人も馬鹿だよな。あんなに容疑者が限られる場所で、誰に見られるかもわからないのに突き落とすなんてよ」

省吾の言う通りだ。計画的殺人にしては杜撰すぎる。祝勝会の開催が直前に決まったことも踏まえると、犯行は衝動的なものだったのだろう。では、一体何が犯人をそんな愚行へ駆り立てたのか。

——それもこれも全部、犯人が本当に存在すれば、の話だが。

光則にはまだ、事態は穏便に解決されるのではないかという楽観があった。やはり、あの中に殺人犯がいるとは思えない。きっと不慮の事故だったのだ。

「着いたぜ」と省吾が事務所の入居するビルを見上げた。

升岡の転落死は、詳細の伏せられた状態で既に報じられていた。入口付近でたむろする報道陣の目を避け、光則たちは裏口からビルに入る。

案内された会議室に昨日のメンバーが勢揃いしていた。長机に向かう彼らの間には、疑心暗鬼と不安感に満ちた雰囲気が漂っている。

「今日はここで待機しておいてほしいんだってさ。余計な真似はするなってことだな」

達明が耳打ちしてくる。死んだのは所属芸人で、容疑がかけられているのもまた所属芸人たちなのだから、事務所としては存続すら危ぶまれる一大事だった。

部屋の片隅でつけっぱなしになったディスプレイには、何年も前の事務所ライブの映像が、抑えた音量で流れていた。ちょうどピッグ杉下のネタが始まったところだ。ピンク色の海パン一丁でお決まりの変梃(へんてこ)なポーズをとり、「目の前で自転車に乗ったヤンキーがコケるのを見たとき！」だの「閉じたエレベーターを見送った後にボタンを押したら、また開いちゃったとき！」だの叫んでいる。芸歴十五年間を通じて、彼のスタイルは変わっていない。だが、出番前の楽屋で彼が発声練習を怠(おこた)るところを、光則は見たことがなかった。

懐かしい映像をぼんやり眺めていると、ノックの音に続いてピッグ杉下のマネージャーが入ってきた。彼は光則たちの前に腰を下ろし、神妙な面持ちをして告げた。

「捜査状況について警察の伝手(つて)に探りを入れたところ、進展があったそうです」

「進展……？」と達明が鸚鵡(おうむ)返しに尋ねる。

「升岡さんはやはり、殺されたみたいです」

マネージャーの短い言葉が、息苦しい空気をぴりりと震わせた。

「え……どうしてわかったんですか？」と北野が狼狽(うろた)えた様子で問う。

「彼の腹と腰に、シャツ越しに強く摑まれたような、生新しい跡がはっきり残っていたらしいんです。さらに、腕の近くに落ちていたタバコの吸い殻から、升岡さんの唾液が検出されました。

燃え残り方からして、まだ吸い始めたところだったようです。ベランダで喫煙中の升岡さんを、誰かが突き落としたんでしょう」

光則はベランダの光景をイメージする。欄干に凭れてタバコを吸う升岡を転落させるなら、彼の体を放り投げるように押し出すのが手っ取り早い。貧相な体つきの彼を持ち上げるのは容易だが、体には摑んだ跡が残るだろう。

「じゃあ……この中に犯人がいるってことですか？」

西が目を泳がせて問いかける。マネージャーの「皆さん、直にまた警察から呼び出されるようです」という回答は、肯定しているも同然だった。部屋に立ちこめる緊張感が増し、身じろぎ一つできなくなる。

「――おれは犯人が許せない」

ピッグ杉下が静寂を破った。テーブルに拳をついて立ち上がる。

「おれは升岡のことをずっと見てきた。だらしないところもあったが、多くの人を笑わせることを夢見る、誰よりも真っ直ぐな芸人だった。そんなあいつがようやく一つの大きな壁を乗り越えたというのに、犯人はあいつの未来を奪ったんだ。どんな理由があったにしろ、許せるはずがない。だからせめて――」彼は光則たちの顔を舐めるように見渡した。「この場で名乗り出てくれないか？」

単刀直入な問いかけに、光則は唾を飲み下した。この中に升岡を手にかけた殺人犯がいる――その事実が持つ重大な意味を、改めて実感する。

ピッグ杉下の静かな怒りを向けられた一同は、誰一人として言葉を発さなかった。

「そうか……反省もしていないということだな」

ピッグ杉下は失望したようにため息をついた。その所作を見た光則は、小学校で一番怖かった先生のことを連想する。

ピッグ杉下はそのまま、俯き加減で室内をうろつき始めた。彼が動くたび、腹の肉がたぷんと揺れるのがシャツ越しにわかる。何を始めるのかと光則たちが訝しんでいると、ピッグ杉下は不意に足を止め、顔を上げた。

「わかった。ならおれが今ここで、升岡秀樹を殺した犯人を指摘する」

6

目を覚ますと同時に、美妃は昨日の記憶を呼び起こして憂鬱な気分になった。

昨夕、精神的に疲れきっていた美妃は省吾に電話をかけたのだ。自分の身勝手で彼を傷つけてしまったことが後ろめたく、その原因となった蛙化現象なるものが恨めしかった。初めはお互いのために別れを切り出すつもりでいたが、この拒絶反応が一時的なものに過ぎないのではないかという期待を捨てきれず、結局はっきりとしたことは言えなかった。

美妃はゆっくりと起き上がって、カーテンを開ける。部屋に射し込む眩しい日差しに目を細め、自分に喝(かつ)を入れるように大きく伸びをした。

省吾への気持ちがなぜ急変したのか、少しずつわかってきたような気がする。

ずっと客席から眺めていた省吾と初めて話したとき、自分たちの芸について熱っぽく語る彼は他の誰よりも輝いて見えた。告白を断られたときも、お笑いに集中したいから、と話す彼の眼差しは、美妃には想像もつかないような遠い場所を向いているように感じられた。そんなところに惹(ひ)かれたのだ。

省吾が自分の気持ちに応えてくれたのが嬉しかったというのは嘘ではない。だが、あの日の居酒屋で、彼が今見ているのはどこか遠くの景色ではなく美妃自身だと気づいた途端、言いようのない嫌悪感に襲われた。スポットライトに照らされたステージから降りてきて隣にいる彼は、もはや別人のように見えた。

多分美妃は、手の届かないところにいる省吾に憧れたのだ。自分になど振り向いてほしくはなかった。こちらから告白しておいてこんなことを思うのは最低だとわかっているけれど、本能的にそう感じたのだからどうしようもない。

それならば――自分はどうするべきなのだろう。昨日も省吾は最終的に「待ってる」と言ってくれたが、これ以上彼の優しさに甘えていいものか。

美妃が頭を抱えたとき、スマホが通知音を鳴らした。届いたメッセージに目を通し、眉を顰(ひそ)める。

――今から事務所に来てくれないか。

省吾からだった。

7

「……どういうことですか、犯人を指摘するって」

ピッグ杉下の唐突な宣言に、光則は困惑を隠せなかった。

「論理的に考えて犯人は一人しかありえないんだよ。少し考えたらわかることだ」ピッグ杉下は指をぴんと立てた。「おれの推理を、順を追って話させてくれるか」

一同は頷くほかない。気取った言い回しをしているが、彼の目つきは真剣そのものだった。

「おれが気になったのは、升岡の近くに落ちていた吸い殻だ。ズボンのポケットには紙箱も入っていたそうだから、あいつが突き落とされたのはベランダでタバコを吸っていたときのことだと考えられる。だが一つ奇妙な点がある。升岡のポケットには、喫煙する際に必要なあるものが入っていなかった。何だかわかるよな」

「……ライター、ですか」

西が恐る恐る発言すると、ピッグ杉下は首肯した。

「喫煙者の必需品であるライターを、升岡はどうしてか所持していなかったんだよ。まず思い浮かぶのは犯人が持ち去った可能性で、警察もそれを念頭に置いておれたちの持ち物を検(あらた)めたんだろうが、不審なものは何も出てこなかった。そもそも、升岡の不意をついてベランダの手すりまで持ち上げる際、あいつのポケットからライターを奪う余裕があったとは思えない。また、地面に落下してから回収することもできない。玄関はリビングから丸見えで、犯人がおれたちの目を盗んで外に出ることは不可能だった」

「犯人に奪われたんじゃないとしたら、ライターは一体どこに行ったんですか？」

北野が当然の疑問を口にした。

「簡単な話さ。升岡は最初からライターを持っていなかったんだよ。あいつは大会帰りだったし、持っていた紙箱は開けたばかりだったという。急遽うちに来ることになった升岡が、途中で寄り道してタバコだけを買い、ライターは誰かから拝借しようとしていたとしても不思議はない。こと自分のための出費に関して、あいつはけちな男だった。

つまり、升岡はこの中の誰かに火を借りたわけだ。これが意味するのは、突き落とされる間際、升岡と一緒にベランダにいた犯人が喫煙者だということさ。よって、タバコを吸わない『井の中のかわズ』の二人は犯人ではない」

ピッグ杉下の推理には説得力があったが、急に容疑者から外された光則はどんな表情を作ればいいかわからなかった。省吾も狐につままれたような顔をしている。

「容疑者は残り三人だ」

ピッグ杉下は重々しい口調で言った。そんな、と西は声を震わせ、北野と達明は居住まいを正す。マネージャーは固唾を呑んで成り行きを見守っている。

「次に目を向けるべきは、升岡の近くにあったカエルの死骸だ。あのカエルは路地を通った車に轢かれた様子だった。そして升岡が落下したのも同じ通りだ。あいつの体がそこにある状態で車が通ったら、運転手も気づいて通報するだろう。よって、カエルを轢いた車が通行したのは升岡の落下前ということになる。言い換えると、カエルの死亡推定時刻がわかれば、同時に犯行の時刻も絞り込めるんだよ」

光則はぽかんと口を開けた。ピッグ杉下の発言をすぐには咀嚼できない。

「どういうことですか、それ」北野が半笑いで問う。「中学生みたいにカエルの解剖でもするんです？」

「思い出してみてくれ。あのカエルの皮膚は茶色だった。それが引っかかって調べたんだ。普通カエルと聞いてイメージする色は緑だが、アマガエルの体色は周りの環境に応じて柔軟に変化するらしい。葉っぱの上では緑色、土の上では茶色、アスファルトの上では灰色。擬態して捕食者の目を眩ませるために、ホルモンをコントロールして細胞を伸縮させるんだとか」

光則は遺体発見時の状況を今一度思い返す。升岡が倒れていた道路のアスファルトは、泥が流れてきて焦茶色に変化していた——そうか。ピッグ杉下の言わんとすることを、やっと理解する。

「もしも雨が降る前にカエルが死んだのだとしたら、あの場所にいるカエルが茶色であったはずはない。濡れる前のアスファルトは灰色で、カエルの皮膚も同じ色に変化していたはずだからだ。小雨が降り出した後に死んだからこそ、カエルは茶色だったんだよ。したがって、升岡が突き落とされたのも、雨が降り出した五時二十分以降だ」

「ちょっと待ってください！」何やら危機を察知したらしく、達明が慌てて口を挟んだ。「カエルの皮膚の色なんて、そんなの確実性がないじゃないですか。その場の色に擬態するって言ったって、絶対じゃないでしょ」

「確かにそうだな。だが、犯行が雨の降り出した後だったという根拠はもう一つある。ほら、うつ伏せになった升岡の服の前面は泥で汚れていただろう？　仮に升岡が雨の降る前にあの場所に落ちて即死したのなら、彼の下のアスファルトが濡れることはなく、服に泥がつくこともない。すでに濡れたところに落ちたから、接地部が泥で汚れたんだよ」

なるほど、と光則は小さく頷いた。

「西くんと北野くんがリビングにいなかったのは雨の降り出す前だ。『ニシキタノ』の二人は犯人ではない」

西と北野はほっとしたように顔を見合わせた。だが安堵したのも束の間、二人は表情を強ばらせ、視線をゆっくりとある人物に集める。

「……おれしか残っていないですね」

岩本達明は蚊の鳴くような声で言った。

ピッグ杉下は、場を落ち着かせるように語気を和らげた。

「ここまで出た条件を満たすのは達明くんだけだが、結論に飛びつくのはまだ早い。根本的な疑問が一つ残っている。升岡の落下時刻について議論してきたわけだが、そもそもどうしておれたちにはそれがわからないのだろうか？」

「どうしてって……どういうことですか？」

達明は不安げに視線を彷徨わせた。

「升岡が落下したのはリビングのすぐ外、壁一枚を隔てたアスファルトの上だ。遺体発見時の光則くんの悲鳴はしっかり室内に届いていた」ピッグ杉下は不思議そうに片眉を上げる。「なのになぜ、升岡が地面に落下したときの衝撃音は聞こえなかったのか」

気づいたら死体があの場所に落ちていた——それが本来は不可思議なことだとピッグ杉下は指摘しているのだ。

「遺体に動かされた形跡はなかった。落下したのはあの場所で、音は確実にリビングにも届くはずだ。となると、考えられることは一つしかない。落下時の音は、他の大きな音に紛れたんだよ」

「それって、まさか……」と西が息を呑む。

「雷、だ」ピッグ杉下は断言した。「昨夕は時折遠くに雷が落ちていただろ？ 升岡が地面に激突するまさしくその瞬間に轟いた雷鳴が、衝撃音をかき消したんだよ。それ以外にありえない」

他に説明は付けられそうにないが、果たしてそんなことがあるのだろうか。

「絶え間なく落雷が続いていたというわけではありませんよね。ちょうど重なったなんて偶然、都合が良すぎませんか？」

「そう言われても、実際に起きたのだから仕方がない——と、言いたいところだが」光則の反論に、ピッグ杉下は口の端を不敵に歪めた。「これは必然なんだよ。犯人も落下音を聞かれるのは避けたかったはずだろ。誰が犯人にしろ、犯行時に他のメンバーはリビングに揃っていて、すぐに遺体を発見されれば誰がやったかは一目瞭然なんだ。だからこそ犯人は、狙って落下音と雷鳴を被らせる必要があった」

「そんなこと、できるわけない！ 想像してもみてください。升岡さんの体を持ち上げて手すりを越えさせるのに最低二、三秒はかかります。落ち始めてから地面に着くまでも一秒はかかる。

雷鳴に合わせようにも、取っ組み合っているうちに音は途切れてしまいますよ。それとも、犯人には未来が見えていたとでも言うんですか？」

「そうさ、犯人に未来は見えていたんだよ。雷の鳴るタイミングなんて、簡単に予測できるじゃないか？　なあ」

ピッグ杉下が挑発的に両手を広げた途端、光則は「ああ」とテーブルに突っ伏した。想像力が足りないのは自分の方だ。

「雷鳴には稲光が先行するものさ。犯人は空が光ったのを合図にして升岡に襲い掛かり、あいつが墜落する瞬間に雷鳴が轟くよう計算して落としたんだよ」


昨日の夕方、雷が落ちていたのは二キロほど先だと光則は推測していた。具体的な距離がわかったのはもちろん、稲妻が見えてから雷鳴が聞こえるまでに六秒ほどのタイムラグがあったからだ。この時間差を利用すれば、升岡が地面にぶつかる音を意図的に紛れさせることは十分可能だろう。

「以上のことから、犯行がなされたのは雷が鳴っていた時間帯だと確定できる。これは雨が降っていた時間帯とはややずれがあり、おおよそ五時過ぎから六時前にかけてだ。一方で達明くんがリビングを空けていたのは六時からの十五分間。雷はすでに止んでいて、升岡の落ちる音を隠す術（すべ）はない。よって、達明くんも犯人ではない」

「えっ」当の達明は間の抜けた声を出した。「そ、そうなんですか。いや、仰る通りおれは犯人じゃないんですけれど……」

ここにいる全員の考えていることは同じだった。ピッグ杉下の鮮やかに思えた推理は、いつの間にか袋小路に迷い込んでしまったのだ。ピッグ杉下は決まり悪そうに膨れたビール腹を掻いている。

「あのー、犯人、いなくなっちゃってません？」

北野が首を傾げた。

8

この中に犯人がいないとしたらそんなに喜ばしいことはない。だが、それでは合理的な解決にならないのだということも、光則たちは当然理解していた。

「困ったことに、容疑者はいなくなってしまった。だが犯人は間違いなくこの中にいるんだ。とすると、おれの推理のどこかに誤りがあったことになる」

ピッグ杉下は淀(よど)みなく語り続ける。順を追って話す、と彼は最初に言っていた。推理はまだ終わっていないのだ。

「今までに挙げた三つの条件を再度整理しよう。第一に、ライターを持っていない升岡が火を借りたことから、犯人は喫煙者である。第二に、カエルの死骸の位置と色、および升岡の服の汚れから、犯行は雨の降り出した後である。第三に、落下音が聞こえなかったことから、犯行は雷の鳴っている最中である。いずれの推論も一見妥当そうだが、一箇所だけささやかな飛躍があった。

升岡のタバコに火をつけることができたのは、何も喫煙者に限らないのさ。折よくライターに相当するものを持ってさえいれば、升岡に火を貸すことは可能なんだ。この中には、そんな人物が一人だけいた」

ざわり、と光則は背中を撫でられたような心地がした。

「昨日、省吾くんは赤いコートを羽織っていて、鞄からは金髪のカツラが覗いていた。省吾くんがコントの衣装をそのまま私服代わりにして帰ることがあるのは知っている。推察するに、君たちが昨日劇場でやったネタは『マッチ売りの少女』だったんじゃないか」

その通りだ、と光則は目を伏せた。ピッグ杉下の辿り着いた結論が、光則にも見えている。

「そうですよ」

落ち着き払って答える省吾の目からは、光が消えていた。

「だとすれば、省吾くんの鞄の中には、コントの小道具であるマッチ箱が入っていたはずだ。タバコに着火するにはマッチ一本あればいい。すると、君は喫煙者ではないが容疑者の網の中に舞い戻る。省吾くんにアリバイがないのは、五時台後半の約二十分間。雨が降り、雷も鳴っていた時間帯だ。

おれの挙げた三つの条件を満たすのは、今度こそ一人に限られる。升岡秀樹を殺したのは、省吾くん、君だったんだろ」

ピッグ杉下は抑揚のない声で問い詰めた。光則は省吾の顔をじっと眺める。小学校からの友達で、世界でたった一人の相方である、古井省吾の無表情を。

「そうですよ」

先ほどと同様、省吾はこともなげに認めた。

「嘘だろ」

光則は反射的に言い返した。省吾は特段たじろいだ様子もなく、平然と語を継ぐ。

「嘘じゃない。おれが升岡さんを突き落とした犯人なんだって。一回容疑者圏内から外れたからワンチャンあるかと思ったけど、やっぱダメだったか。売れっ子芸人ってつくづく化け物ですね。頭のキレが違うや」

省吾の場違いに明るい振る舞いは、強がっているというふうでもない。光則は初めて彼を恐ろしいと感じた。

「なぜそんなことをしたんだ」ピッグ杉下は感情を押し殺すようにして尋ねた。「君は升岡を心から慕っているように、おれには見えた。一体腹の底に何を隠していた」

「何も隠してなんていませんよ。升岡さんは大好きな先輩です」

「じゃあ、どうして……」

「升岡さんのためなんです」

省吾は悪びれもせずに事の経緯を語り出した。

彼が三階のゲストルームで美妃からの電話を切って突っ立っていると、升岡が階下からやってきた。二階の書斎で、ずっと祝福と労いの連絡に返信していたらしい。升岡はベランダに出ようとしたところで、ふと思い出したように「ライター持ってないよな」と呟いた。省吾がマッチならあると申し出ると、「お、それで十分だ」と升岡は顔を綻(ほころ)ばせた。タバコに火をつけてからベランダに出て、二人は話し始めた。

「そのときの升岡さんは、ほんと、見ているこっちまで嬉しくなるくらい、今まででぶっちぎりの幸せそうな顔をしていました」省吾は懐かしがるように目尻を下げた。「『やっと、お笑いを始めてよかったと思える日が来たなあ』、そう感慨深げに溢(こぼ)して紫煙を燻(くゆ)らせる升岡さんを目の前にしたとき、おれは思ったんです。今この瞬間、この一服こそが、升岡秀樹という芸人の一生のピークなんだ。だからおれは、ここで彼を殺さないといけない、って」

　隣で達明が、悲鳴に似た音を立てて息を吸い込むのが聞こえた。西と北野の顔からは血の気が引いている。光則も、驚愕のあまり二の句が継げない。

「ふざけるなよ」ピッグ杉下が目を吊り上げて詰め寄った。「升岡は長い下積みの末にやっと次のステージに進んだところだったんだ。あいつの夢見ていた日々が、まさに始まるところだったんだよ。それをおまえは――」

「本気で言ってるんですか?」ピッグ杉下の剣幕を前に、省吾は一歩も退(ひ)かない。「売れないでしょ、升岡さんは。平場は弱いし、見た目だって地味で、キャラもない。ちょろっとテレビに出て、適応できずにすぐ消えて、元の生活に逆戻りですよ」

「……なんだよ、それ」

　光則は怒りで声を震わせた。古井省吾は、こうも冷酷な人間だったのか。悪い夢でも見ているようだ。

「信じられないよ、省吾。そんな理由で殺すなんて理解できな――」

「見たくなかったんだよ!」

省吾は光則に向かって怒鳴った。彼は息を長く吐き出してから、繰り返す。

「見たくなかったんだ。今世界一の幸せ者みたいな顔をしている升岡さんが、いずれ現実を思い知って消沈するところを」

「そうなるかどうかなんて、わからないだろ」

「いいや、わかる。だって、おまえらもそうだったじゃないか。光則、おまえはずっとＮＥＷお笑いグランプリで優勝してテレビ番組に出まくることを目標にしていたくせに、厳しいテレビの世界に出鼻を挫かれて、あんなに好きだったはずのお笑いを楽しむ余裕を失っちまった。追い詰められ、殺気立って、終いには優勝しなければよかったなんて言い出そうとする始末だ。

美妃ちゃんも同じだったよ。おれと付き合い始めた途端に『気持ち悪い』だとさ。正直、おまえらの心理が理解できなかった。本当に悲しくて、本当に腹立たしいと思ったよ。どうやったら二人の考え方を変えられるか真剣に案じもした。だけど昨日の夕方、二人が揃いも揃って泣いているのを聞いて、おれは気づいたんだ。二人とも、欲張りなわけでもなければ、意地悪をしているわけでもない。おまえらは念願を叶えておきながら、心の底から傷ついて、悩んでいる。おれが諭したところでどうにかできるものではないんだよな」

悲哀を漂わせていた省吾の表情に、そこで攻撃的な色が混じり始める。

「――でもな、結局おまえらは、報われた後のことなんか真面目に考えちゃいなかっただけなんじゃないか？　願いが叶った瞬間に歓喜のファンファーレが鳴り響いて、自動的にハッピーエンドを迎えられるとでも思っていたんだろう？」

当て付けがましい省吾の口調は、駄々をこねる幼児を思わせた。違う、と言い返そうとする光則の喉が立てたくぐもった音を、省吾は気に留めることもない。

「逃げていくものは輝いて見えるもんだ。追いかけるだけの時間は楽しくて仕方がない。でもいざ追いつけば、それまでは気づかなかった俗っぽさや煩わしさも目につく。その夢と現実のギャップこそ、光則と美妃ちゃんを苦しめたものの正体だったんだろ。魔法が解けて、おまえらの憧れはカエルになっちまったんだ。醜いカエルをありがたがれないのは仕方のないことだよ——おまえらを責める気はさらさらない。

つまりよ、光則。おまえにとってはコンビ名を呼ばれてクラッカーが鳴り響いた瞬間こそが魔法の効力のピークだったわけだ。なら、あそこで終わっていれば最高に幸せだったとは思わないか？

十二年も夢を追い続けた升岡さんには、おまえらの二の舞になってほしくなかった。やっと叶った夢が大したものではなかったと思い知る虚しさなんて、味わわせたくはなかったんだ。だからおれは、升岡さんの人生を頂点で終わらせることにした。未来への希望に満ち溢れた目のまま、死なせてあげたんだよ」

光則たちはその場に釘付けになっていた。

省吾の主張は、絶対に間違っている。だが、感情の乗った声が、自分の考えが正しいと信じ切っている顔つきが、いかなる反論も阻んでいるのだ。滅茶苦茶な論理に説得力を持たせるための熱量。今まで見てきたどのコントでの演技よりも真に迫っていて、完璧だった。

「……省吾くんは何もわかってない」ピッグ杉下は無念そうに首を振った。「君の言う虚しさも一つの『あるある』で、その『先』があったはずなのに」

ピッグ杉下はそれ以上何も語らなかった。目の据わっている省吾に、彼の言葉は届いたのだろうか。力なく椅子に座るピッグ杉下の姿に、光則は彼が芸人として生きてきた月日の長さを思った。夢を摑んでからも、淡々と芸を磨き続けた十五年間を。

おもむろに省吾はポケットからスマホを取り出し、何やらいじり始める。

「——省吾。おまえ、何してるんだ」

「自首するんだよ。ピッグさんの推理なんかなくても、升岡さんの携帯電話の使用履歴を調べて司法解剖が済めば、犯行時刻は自ずと割れちまうからな。お粗末な犯行だ、物証もすぐ出てくるだろう。逃げ切れるだなんて期待しちゃいなかったよ」

スマホを耳に当てて罪を告白する省吾の横顔を、光則は放心状態で見つめる。

部屋の隅のディスプレイには、フリップをめくって客を沸かせる升岡が映っていた。

9

パトカーの到着を待って光則たちが事務所の外に出ると、そこに美妃が立っていた。

「どうしたの、省吾くん……？」

沈んだ顔をした一同に囲まれて歩く省吾を見て、すぐに異変を察したようだ。驚いた様子で駆け寄ってくる。

「取り返しのつかないことをしてしまってな。当分帰れそうにないから、はっきり別れておきたくて呼んだんだ。美妃ちゃん、短い間だったけれどありがとな」

省吾はそれだけ言って、パトカーの前に立つ警官のもとへ歩いていく。気づいた四、五人の記者たちが押し寄せ、カメラのフラッシュと鋭い質問を浴びせた。

「ちょっと、どういうこと？」

追いかけようとする美妃を光則は制止し、無言でかぶりを振った。

車両に乗り込む間際、省吾は振り返り、とびっきり爽やかな笑顔を見せる。

「おまえとコンビを組めて楽しかったぜ、光則。今日で解散だ！」

一際眩いフラッシュがたかれた。美妃はただただ呆気に取られた顔で、パトカーを見つめている。光則は胸の内に広がる苦い喪失感を噛み締め、報道陣から逃げるように踵を返した。


事務所の会議室に戻り、美妃に事情を説明した。話を聞き終えた美妃は「嘘」と泣き出しそうになり、光則は顔を背(そむ)ける。

――そこで、光則は室内のディスプレイに目を奪われた。デビューして間もない頃の「井の中のかわズ」のコントが流れ始めたのだ。

演技もネタの構成も、目を覆(おお)いたくなるくらいに拙(つたな)かった。笑いもほとんど取れていない。三分のネタのオチの部分でやっと会場が沸くと、画面に映る二人は露骨なしたり顔を浮かべ、深々とお辞儀をした。

「そうだ」

随分と久しぶりに、その感覚が蘇る。人を笑わせるというのは大変なことだけれど、こんなにも気持ちがいい。

だが、もう舞台に立つことはできないのだ。省吾以外とコンビを組む気にはなれない。光則は芸人を辞めることになるだろう。

光則の脳裏に、省吾を芸人に誘ったときのことが過った。お笑いの天下を取ろうと大きく出た光則に対し、省吾は馬鹿にするでもなく、自信ありげにニヤリとして二つ返事で乗ってくれた。偉大な先輩たちに追いつくことを夢見て、ときに周囲から冷笑を浴びつつも、無我夢中でネタ作りと稽古に励んだ。

そんな自分たちが喉から手が出るほど焦がれていた場所に、二人はもう立っていたのだ。優勝して、仕事が増えて、舞台で笑いが取れて、良かったに決まっている。

どうしてそんな当たり前のことに気づけなかったのだろう。

嫌だ。終わってほしくない。この「先」の景色を見たい。

省吾のやったことは許されない。だが光則は、自分自身をも責めずにはいられなかった。自分がピッグ杉下のように謙虚でひたむきに歩んでいれば、こうはならなかったはずなのだ……。

目の前で嗚咽を漏らす美妃の瞳にも、同じ悔恨の念が滲んでいた。手のひらで涙を拭い、掠れた声で呟く。

「わたしやっぱり、まだ省吾くんのことが……」

それを聞いた刹那、光則の全身に戦慄が走った。

もしかして、このためだったのではないか。

――本当に悲しくて、本当に腹立たしいと思ったよ。

――どうやったら二人の考え方を変えられるか真剣に案じもした。

省吾は、光則と美妃の変容に憤懣を募らせていた。そんな彼が、二人を改心させる禁じ手を思いついてしまったのだとしたら。

――逃げていくものは輝いて見えるもんだ。

叶えた夢のありがたみをわからせるには、光則と美妃が苦しんでいる現実を強制的に取り上げてしまえばいい。もう一度追う立場になれば、自分たちの抱える悩みがいかに贅沢だったかを痛感するのだから。そしてそれは、省吾が社会から退場することによって、「コンビの解散」と「恋人との破局」という形で、同時に、抗う余地なく達成される。

去り際の省吾の笑顔が、瞼の裏で明滅した。

手にしたものを大切にできなかった二人への意趣返しとして、省吾は劇的な幕切れを演出したのだ。自分が逮捕されたらあいつらは失ったものに気づき、泣いて後悔するんだ――そんな、あまりにも捨て鉢で子供じみた目算が、升岡への衝動を後押ししてしまったに違いない。

恐ろしいことに、省吾の企みの効果は覿面だった。これで終わりだと思った途端、今の生活を失うのが惜しくて仕方がない。

カエルは惨殺されたことで再び、魔法をかけられてしまったのだ。

アホ。ボケ。

光則は今すぐに、省吾の頭を叩きたくなる。

とんだ大馬鹿野郎だ、あいつは。

光則は目を閉じ、唇を強く嚙んだ。美妃の啜(すす)り泣きと観客の笑い声が、耳の中で混じり合って聞こえていた。

追想の家

1

「見て、あの公園。懐かしい！」妹の舞が車窓に顔を寄せて、はしゃいだ声を上げた。「あんなに狭かったんだ。すべり台も小さい！」

父の運転する車は、おれと舞を乗せ、緩やかな坂道をのろのろと上っている。後部座席の舞は腰を浮かせて、遠ざかる児童公園を名残惜しそうに見送った。

「舞はまだ幼稚園児だったからなあ」

父はバックミラー越しに視線を投げて、感慨深げに呟く。

「でも、覚えてるよ。昔はよくあそこで、おじいちゃんに遊んでもらったよね。あれからもう……」

「十三年も経つのか」とおれは舞の言葉を引き取った。

あの頃おれたち兄妹は祖父の家へ遊びに行くと、毎度公園で鬼ごっこやかくれんぼをして遊んだものだ。当時舞は四歳かそこらで、二歳上のおれも小学校に上がったくらいの時期だった。

おれは「あの真っ黒なちょうちょの名前は？」「どうして耳は二つあるの？」などと目に入る

すべてのものに疑問を抱いては、親を困らせるような子供だったらしい。だが祖父は、尽きないおれの質問に、誤魔化すことなく応じてくれた。すぐに答えられないときは一緒に考えてくれたり、次に会うときまでに調べてくれたりした。啓はいつも面白いところに疑問を持つなあ、と祖父が目を細めるたび、むず痒いような嬉しさがあったのを覚えている。

ほどなくしておれたち家族が近くの街に引っ越すと、祖父の方が遊びに来てくれるようになった。優しくて物知りな祖父と会うのを、いつも心待ちにしていた。

その祖父が、三週間前に癌で亡くなった。八十歳だった。

おれたちは今日、久しぶりに祖父の家へ向かっていた。遺品整理業者に見積もりを頼む前に、しばらく空けていた家の掃除と、家財の確認をするのが目的だ。

「着いたぞ」

玄関の十メートルほど手前で、父は車を路肩に寄せて停めた。祖父の家は街外れの小高い丘の上――おれが一年半前に卒業した私立高校と、祖父の入院していた病院の、ちょうど中間地点にある。

「てきぱき進めるよ。受験生二人の貴重な時間を割いてあげてるんだからね」

舞の軽口に父は肩を竦めた。エンジンを切って外に出ると、ポケットから家の鍵を取り出す。

助手席に座っていたおれは、申し訳程度にしか開かなかった英単語帳を鞄に仕舞い、重たい体を引きずって父の背中を追った。十月の昼下がり、空気はすっかり秋の冷たさだ。半月ほど外出をしていなかった弊害なのか、小一時間車に揺られただけで疲れを感じていた。

おれは医学部を目指して浪人中で、来年三回目の挑戦を控えている。だから、高校三年生の妹と同じ、受験生。その現状を認識させられるたび、どこかへ逃げ出したくもなる。

一浪目は予備校に通っていたが、演習の時間を増やすため、二浪目の今年は自宅浪人をしていた。家族以外との会話がないに等しいこの半年間は、恐ろしく長かった。だが、勉強時間が増えるのとは裏腹に成績は伸び悩み、胸を締め付けるような不安と焦りが常に付きまとっている。

「気分転換がてら、啓も親父の家に行かないか」と父が誘ってくれたのは、塞(ふさ)ぎ込むおれを見かねたからなのかもしれなかった。

「ほら、お兄ちゃんも早く！」

舞たちはすでに玄関の前にいた。うるせえな、と小さく吐き捨てる。

ここのところおれの気が沈んでいるのには、もう一つ別の原因があった。祖父にまつわる大きな心残りだ。大学受験の失敗はまだ取り返せるかもしれないが、こちらの後悔は、どうすれば断ち切れるのかもわからない。

ゆっくりと歩を進めながら、一ヶ月前に一人で祖父の見舞いに行ったときのことを、おれは思い返していた。

＊

高校三年生の四月に喧嘩(けんか)をしたきり、二年半近く祖父とは会っていなかった。

去年の夏、祖父が入院したことを知らされた。だが両親に勧められても、受験勉強を口実にして頑(かたく)なに祖父と会わなかった。会いに行くのは合格してからだと、言い訳のように考えていた。

しかし今年の九月に入り、祖父が思った以上に危ない状態だと聞いて、いよいよいてもたってもいられなくなった。

謝らなければならない。手遅れになる前に。

母には「ちょっと出かけてくる」とだけ告げ、おれは祖父の入院する病院に向かった。電車に乗って三十分。郊外の質素な街並みの中で、五階建ての総合病院は一際目立つ。

受付で祖父の病室を尋ね、エレベーターで最上階へ上がる。だが、案内された個室のベッドはもぬけの殻だった。入り口に「薬師丸様」というネームプレートがあったので、部屋を間違えたわけではない。困惑して病室前の廊下でうろついていると、通りかかった四十代くらいの男性医師に「お見舞いの方ですか」と声をかけられた。

「あ、はい」

長身に白衣が映えるその医師は、無遠慮におれの顔を覗き込む。

「もしかして、薬師丸さんのお孫さん？」

そうです、とおれが頷くなり、彼は時代がかった仕草で手のひらを額に当てた。

「ご両親から聞いていませんか？　薬師丸さんは今朝容態が急変されて、別の病室に移ったんですよ。本日はお会いできる状態にないようなので、日を改めていただけますか」

よりによって今朝かと愕然とすると同時に、ほんの少しだけほっとしている自分もいた。どんなふうに話を切り出したものか、まだ決めかねていたのだ。

結局、妙な気恥ずかしさと疚しさがあって、祖父に会いに行ったことは家族に黙っていた。

そのわずか一週間後、危篤の連絡を受けて、両親や妹とともに病院に駆けつけることになるとは思わなかった。

病床の祖父は枯れ木のように痩(や)せ細っていた。最後に会ったときとはまるで別人で、その顔に刻まれた深い皺(しわ)を直視できない。枕元には、栞(しおり)の挟まった文庫本があった。

祖父の意識は朧(おぼろ)げだったけれど、おれたち四人の顔を見て、わずかに目尻を下げた。一人ずつ順番にその手を握り、最後の会話を交わす。おれの番になっても、相応(ふさわ)しい一言目は浮かんでいなかった。

「この間はすまなかったな」先に祖父が、絞(しぼ)り出すような嗄(しわが)れ声を発した。「伊集院(いじゅういん)先生に話を聞いたよ」

「いや、謝ることじゃないよ……今回は会えてよかった」

怪訝(けげん)な表情をする両親に、先週も来たけれど祖父に会えなかったことを打ち明ける。他にもっと話すべきことがあるはずなのに――。

やがて目を瞑(つむ)りうつらうつらとし始めた祖父と、それ以上意思疎通は図れなくなった。

その晩、祖父は眠るように息を引き取った。母と舞は肩を抱き合って涙を流し、父は下唇を嚙(か)んで俯(うつむ)いた。おれは胸にぽっかり穴が空いてしまったような気分で、今にもぱちりと目を覚ましそうな、安らかな祖父の顔をじっと見つめていた。

*

祖父から預かった鍵を、父が鍵穴に挿し込む。ぎい、と微(かす)かに軋(きし)む音を立て、玄関のドアが開いた。流れ出す埃(ほこり)っぽい空気に、懐かしい祖父の家の匂いが仄(ほの)かに混じっていた。
祖父の家の片付けをしながら、自分の気持ちを少しでも整理できたらいい。そんな思いで、おれはここに来ることを決めた。

「お邪魔します」

誰もいない家の中へ、おれたちは呼びかける。

2

祖父の家は二階建てで、東西に細長い長方形をしている。

おれたちは玄関に近い部屋から順繰りに見ていった。

一階の和室には仏壇があり、祖母の写真が飾られている。およそ二十五年前に一人息子の父が家を出て、十五年前に祖母が亡くなった。祖父が一人で暮らすのに、この家は広かっただろう。

父が遺品の種別と数を確認し、舞がメモを取る。重いものを動かしたり、処分する日用品をまとめたりするのがおれの仕事だった。寝室、ダイニング、キッチン、リビングに風呂場と巡り、ゴミを回収していく。どの部屋もよく整頓されており、二時間とかからず一階での作業に方(かた)が付いた。

「じゃあ、次は二階だな」

父に先導され、おれたちは階段を上る。

祖父の家を訪れても、二階に上がることはほぼなかった。小学一年生のときに一度だけ、祖父にどこかの部屋へ案内されたような記憶が残っているくらいだ。

おれたちはまず西端の小部屋に入る。正方形の室内には、年季の入った家具——洒落た意匠のソファやレトロな木製のローテーブルなどが、所狭しと詰め込まれていた。奥の窓にかかるカーテンは少し開いていて、暖かな西日が差し込んでいる。

「子供の頃に使ってたなあ、これ」

父はソファの肘掛けに手を置き、大切そうに撫でた。

「見て見て」家具の隙間を縫って部屋の隅に進んだ舞は、ローテーブルの上へ手を伸ばした。

「アルバムじゃない？」

卓上のブックエンドには、約十冊の分厚い本が立ててある。舞はそのうちの一冊を選び取り、慎重な手つきで表紙の埃を払った。どうやら、家族写真をまとめたアルバムらしい。おれと父は、舞の背後から覗き込んだ。ページをめくるたびに、記憶にあるより若い祖父母が二人で写った写真や、母の腕に抱かれたおれの写真が現れる。

「親父、こんなの作ってたんだな」父と母の結婚式を収めた写真が出てきたところで、父はしみじみと独り言ちた。「これは、持って帰ろう」

おれはテーブルに近づき、残りのアルバムの背表紙を確認する。

「こっちは卒業アルバムか」

といっても、祖父が学校を卒業したときのものではない。祖父は定年まで、中学校で国語の教員をしていたのだ。七、八冊の卒業アルバムは、祖父が受け持った三年生のクラスのものなのだろう。

祖父の家にこんな一室があるとは知らなかった。おれは新鮮な心持ちで部屋を見渡す。

ソファに身を委ねてアルバムを繰り、懐古に浸る祖父の姿が浮かぶようだった。


二階の東西を結ぶ廊下沿いには、二つの部屋がある。学生時代の父の個室と生前の祖母の個室で、今はともに空室だ。最後に東端の部屋が残った。

「ここは何の部屋なんだ？」

「ほら、親父の一番好きなあれが、まだどこにもなかっただろ」

意味深な一言とともに、父はドアを引き開ける。

足を踏み入れた瞬間、むせ返るような古本の香りが鼻を突いた。同時に、忘れかけていた十年以上前の記憶が、まざまざと蘇る。

おれが昔祖父に案内されたのは、どうやらこの部屋らしい。

そこは祖父の書斎だった。広さは五メートル四方ほどで、西端の部屋の倍近い。三方向の壁を覆う天井まで届く高さの本棚には、種々雑多な書籍がぎっしりと納められている。

相変わらず壮観だった。小学一年生の頃、祖父に「啓、ちょっと来ないか」と手招きされたおれは、この場所に連れて来られたのだ。祖父の大事な空間に入ることを許されたという感覚に、無性に胸が躍った。

当時、おれが身の回りの生き物や自分の身体に関する質問ばかりしていたからだろう。祖父は異国の珍しい動物や、人体の解剖図が載っている本を取り出して見せてくれた。

「啓の疑問の答えは大抵、本の中にあるんだ」

未知の世界に夢中になるおれに、祖父はどこか得意げに告げた。

「おじいちゃんはこんなにいっぱいの本を読んでいるから、いろんなことを知ってるの？」

「ここにあるのは、世の中にある本の、ほんの一部だよ」祖父は背中を丸め、おれに笑いかけた。

「楽しみだな。啓には、これから知っていくことがたくさんある――」

カーテンを引く音で、我に返る。父が換気のために窓を開けたのだ。

窓と読書机のある奥の壁を除いた三方に並ぶ本棚は、数えてみると合計で十五台もあった。いずれも九段の棚に本が一列ずつ詰められており、合わせて何千冊になるのか見当もつかない。祖父が一冊一冊を選定し、購入したのだと思うだけで気が遠くなった。

本のジャンルも小説からノンフィクションまでさまざまだ。中には、タイトルの読み方さえわからないくらい難解な学術書もある。

祖父は「生涯学習」を体現するような人だった。

二年半前に喧嘩をしたのは、今思えば、そんな祖父に引け目があったせいだったのだろう。

＊

高二の夏に怪我がきっかけで陸上部を辞めて以来、おれは何に打ち込むでもなく、級友とともに怠惰（たいだ）でそれなりに楽しい日常を過ごしていた。だが高校三年生になると、周りが進路の話題を持ち出すことが増えた。一緒に馬鹿をやっていた仲間まで、やれ塾に通うだの、第一志望の大学を決めただの、こぞって報告し始めた。そんな雰囲気が、おれにはどうも居心地が悪かった。

　卒業したら何をするか、真剣に考えることを避けてきた。少なくとも「勉強」ではないような気がし、配られた進路希望調査票には今回も「未定」と記入して提出した。

　ゴールデンウィークの初日、祖父が我が家へやって来た。両親が豪勢な料理を振る舞う夕食の席で、会話は祖父を中心に回る。元教員なだけあって、その語り口は軽妙だ。八十歳手前でも元気な祖父は、町内で開かれる句会に参加したり、興味の赴(おもむ)くまま読書に耽(ふけ)ったりと、以前にも増して充実した日々を過ごしているようだった。

「舞は最近どうだ。高校には慣れたか？」

「授業がしんどいよ、ほんと。特に世界史が意味不明。覚えることが多すぎて」と舞はお手上げのポーズを取る。

「世界史には、じいちゃんもこのところ凝っていてな。つい最近、全二十四巻の概説本を揃えたところだよ」

　上機嫌な祖父の視線は、次におれへ向けられた。

「啓はもう高校三年生だったな。大学では何を学ぶか、決めたのか」

　その質問の仕方に若干の反発を覚えた。なぜ、大学に進学する前提で話すのか。

　とはいえ、押し通したい他の考えがあるわけでもない。おれはなるべく無難な返答を選んだ。

「適当に、入れそうな大学に行くつもりだよ」

　選んだ、つもりだった。だが、この安易な発言が、祖父の逆鱗(げきりん)に触れた。

「なんだ、そのぞんざいな態度は。ちゃんと考えているのか?」

「でも、特にやりたいことなんてないし……」

「大学は学ぶための場所だ。そんな生半可な気持ちで行くところじゃない」

淡々と諭す祖父の言葉で、ダイニングがしんと静まり返った。自分の軽薄さを見透かされたような恥ずかしさで、頭に血が上る。

「別にいいだろ。おれはじいちゃんみたいな勉強好きじゃないんだ。意見を押し付けないでくれよ」

おれの口答えに、祖父の目つきが鋭くなった。

「いつからそんないい加減な子になったんだ。部活は途中で辞めて、勉強もろくにしていないそうじゃないか」

「うるさい」

「啓。そんなに投げやりでは、この先後悔するぞ」

「じいちゃんに関係ないだろ!」

その一言が決め手だった。がたん、と椅子を揺らして立ち上がった祖父は「帰らせてもらう」と言い捨て、宥める舞を振り切り家を出て行った。母は静かにおれを責めるような視線を送ってくる。父は、やっちまったな、と言わんばかりに頭を抱えた。

「頭を冷やせ、啓。親父は啓が心配なだけなんだ」

「じいちゃんの考えが古いんだよ。おれは自分の思ったことを言っただけだ」

どうしてこんなことで叱られなきゃいけないんだ。怒りの収まらないまま、一週間が経った。

父と母が、揃って祖父の肩を持つのも気に食わなかった。

「薬師丸くん、ちょっといいかしら」

連休明けの放課後、一年生の頃からの担任である濱口(はまぐち)先生に廊下で声をかけられるまで、進路希望調査におざなりな回答をしたことなんてすっかり忘れていた。先生はおれを四階の進路指導室へ連れて行くと、椅子に腰掛けさせる。

「『未定』とあるけれど、何か考えはあるの?」

「まあ、普通に大学に行こうかなとは思ってます」

「普通って……どこの大学の何学部を目指してるの? 真面目に考えてる?」

古典を担当するベテランの濱口先生は、その気さくさと面倒見の良さで生徒に人気だった。けれど、今のおれにはただのお節介にしか感じられない。

「先生も祖父と同じようなことを言うんですね」

「……何か、あったの?」

促されるまま、おれは祖父と言い争いになったことを説明した。話しながら、どうせ濱口先生もおれを上手く言いくるめようとするんだろう、と虚(むな)しくなる。

だが、濱口先生の第一声は意外なものだった。

「薬師丸くんは、お祖父様のことが嫌いなわけじゃないでしょう?」

それは——嫌いなはずがない。経験も知識も豊富な祖父のことは尊敬しているし、ずっと大切な存在だった。

だからこそ、反発してしまうのだ。そんな祖父が、おれの気持ちをわかってくれないから……。

いや、そうではないのかもしれない。

祖父が期待しているような立派な孫に、おれはなれていない。この苛立(いらだ)ちは、そんな自分自身へのものなのだ。

「素直になるのは難しいことだよね」濱口先生は、笑うと左頬に大きなえくぼができる。「わたしにもあなたくらいの歳の子供がいるから、よくわかる」

「……もどかしいんです。みんな将来に向けて動き出しているのに、自分だけ、何を頑張ればいいのかわからなくて。だから思ってもいないひどい言葉をぶつけて、八つ当たりしてしまったんだと思います」

口に出して、初めて本心を自覚した。濱口先生は大きく頷いた後、ホームルームで連絡事項を伝えるときみたいに人差し指をぴんと立てる。

「一度、自分の将来と本気で向き合ってみなさい。そして、やると決めたらやり抜くことね。いつか必ず、お祖父様とも仲直りできるはずよ」

あんなに鬱陶(うっとう)しかった正論が、今はすんなりと受け入れられた。

「……全部、お見通しなんですね」

おれが降参の苦笑を浮かべると、濱口先生は「ふふん」と誇らしげに微笑(ほほえ)んだ。

「当たり前よ。何年ここで教師をやっていると思ってるの」

退屈な学校の勉強の中で、唯一、生物の授業は昔から好きだった。誰が設計したわけでもない、身近な動物や自らの身体の仕組みに筋道立った説明がつくのが、神秘的で心惹かれた。
医学部への意識が強まったのは、あんなに健康だった祖父が突然体調を崩し、通院を始めたと聞いた六月頃だ。人体の作りは精巧だけれど完璧ではない。それを医学の力で補い、苦しむ人を救うことのできる医師という職業に、素朴な憧れを抱いた。また難関だからこそ、今まで流されるように生きてきた自分が変わるきっかけに相応しい。そんな考えが混じっているのも否めなかった。

医者を目指す。夏休み頃には、おれの意志は固まっていた。やると決めたのだ。

大学に受かったら、祖父にあの日のことをきちんと謝って、今までの感謝を伝えよう。そう心に誓い、祖父と会わずに無心で受験勉強に励んだ。濱口先生も、おれの決断を応援してくれた。

しかし、医学部受験はそれほど甘くない。三年の夏からの自己流の対策では箸にも棒にも掛からなかった。予備校に入れてもらえるよう親に頭を下げ、その後の一年間はさらに猛勉強を重ねた。苦手な英語には重点的に取り組み、生物も体系的に学び直した。実力がついている感覚は確かにあり、模試の判定も少しずつ良くなっていったものの、肝心の本番で思うような力が出せず、どの大学にも僅差で不合格となった。医学部を目指す気持ちは揺らがなかったが、また同じ一年が始まるとわかったときの徒労感といったらなかった。

謝罪を先延ばしにしている気まずさと、結果を出せない情けなさとで、祖父とはますます顔を合わせられなくなっていた。

今振り返ると、何をそんなにこだわっていたのだと、自分を殴りたくなる。

おれが「やり抜く」前に、祖父は帰らぬ人となってしまったのだから。

3

書斎を一通り確認したおれたちは、各々が興味を唆られた本を選び、形見としてもらうことにした。父は子供のときに読んでいた冒険小説を、舞は詩集やエッセイを、おれは生物系の新書を数冊抜き取った。

着いたのは昼過ぎだったが、あっという間に夕暮れ時になっている。

結局、心にかかった靄が晴れる気配はない。むしろ呼び起こされた祖父との思い出が、後悔を募らせただけだ。

おれは憂鬱な気分で壁に凭れた。窓際まで来れば、腰の高さほどにある窓から東の街並みを望むことができる。数キロほど先に、祖父が入院していた病院が見えた。

昔書斎に連れて来られたとき、祖父が窓の外を指差して、「伊集院というおれの教え子が、あそこの先生をやっているんだよ」と嬉しそうに話していたことをふと思い出す。病床の祖父は「伊集院先生に話を聞いたよ」と言っていた。以前病院で会ったあの長身の中年医師は、祖父がかつて受け持った生徒だったのだ。

おれが医者になると聞いたら、祖父は喜んでくれただろう。大学合格の報告を一番にしたかった人はもうこの世にいないのだと、改めて思い知る。

「これだけあると、残りは買い取ってもらうしかないな。親父は怒るかなあ」

疲弊した様子の父は、悩ましげに天井を仰いでいる。

「どうして？」とおれは尋ねた。

「親父は買った本を一切売ったり譲ったりしなかったんだよ。いつ読み返すかわからないから、とかなんとか言っていたけれど、きっと蒐集自体が道楽になっていたんじゃないかな」

「でも……他の人の手に渡って役に立った方が、おじいちゃんも喜ぶんじゃない？」

舞が口を挟むと、父は「それもそうだ」というように無言で首肯した。

「そろそろお暇するか。手伝ってくれてありがとうな、啓、舞」

父の号令で、おれたちは扉に向かった。書斎を出る寸前、おれはこの光景を見納めようと振り返る。長い歳月を費やして埋められた本棚は、祖父の飽くなき向学心の象徴だ。それがもう間もなく空っぽになってしまうという事実に、一抹の寂しさを覚えた。

後ろ髪を引かれる思いで一台一台を眺める。

そのとき、微かな疑念が思考の隅で蠢いた。

この書斎の様子——天井まで届く高さの本棚が三方を囲み、本がほとんど隙間なく詰まっている——には見覚えがあった。それは、おれが小学一年生だった頃の、断片的ながら確実な記憶だ。あのときの部屋の印象は、今と何ら変わりない。

つまり、約十三年前の時点で、書斎の本棚はすでに埋まっていたのだ。

だが読書家の祖父は、その後の十三年間も当然、本を買い続けていたはずだ。現に二年半前も、祖父は新たに世界史の概説本を揃えたと語っていた。

では、十三年前から増えた分の本は、一体どこへ消えたのか？

この部屋以外に本はなかった。父によれば、祖父は自分の買った本を手放すこともなかったという。だったら、とっくに仕舞う場所がなくなっていないとおかしい。

「何ぼーっとしているんだ、啓。行くぞ」

急かす父に、おれはたった今発見した謎を共有した。

「えー、そんなのどうだっていいじゃん。早く帰ろうよ」

舞は廊下で、仏頂面をして突っ立っている。些細(ささい)で益体もない謎には違いなかったが、おれの中には奇妙な執着心が芽生えていた。

「どうでもよくない。この謎はおれが解き明かしたい」

啓はいつも面白いところに疑問を持つなあ――そう感嘆する祖父の声が、どこかから聞こえた気がしたのだ。

「可能性は二つに一つだ。増えた分の本が、この書斎にない場合と、ある場合。前者なら、じいちゃんは収納できなくなった本をどこか別の場所へ移したことになる」

「それでしょ」舞ははたと手を打った。「貸し倉庫とかに保管してあるんだよ。書斎以外で本は見なかったし。お父さん、何か聞いてない？」

「いや……そんなことは言われてないぞ」

「二階には空室が二部屋もあった」おれは補足する。「あぶれた本を移す場所には事欠かなかったはずだ。家の外で保管するのは不自然だろう」

反証された舞は、気怠(けだる)げに腕組みする。

「なら、増えた分の本はこの部屋にちゃんとあるってことだよね。本の並べ方を変えたとか？」

「本棚の奥行きは浅くて、どの段にも一列分しか置かれていないだろ。工夫して詰め込んだようには見えないな」

「じゃあ、本棚を増やすか、もっとたくさん入る本棚に交換するかして、書斎の容量を増やしただけなんじゃない？」

極めて自然な解釈だったが、おれはゆっくりと首を振る。

「今あるのと同じタイプの本棚が、三方の壁全面を覆っている――十三年前にも間違いなくそんな光景を見たんだ。横にも上にも、本棚を増設する余地はない」

舞は胡乱な目を向けてくる。無理もなかった。おれの記憶を信じるのなら、可能性はすべて潰えてしまう。

おれはもう一度、部屋全体を舐めるように見渡した。自分を閉じ込めるように囲む四つの壁に、「think outside-the-box」という英熟語を想起する。行き詰まったおれに求められているのはきっと、そんな「型にとらわれない」発想だ。どうすればこの書斎に、新しく買った分の本を詰め込むことができる……？

「そうか」

書斎の容量を増やす方法は、もう一つあるではないか。そこに辿り着くには、この「箱」の外側まで考えなければならなかったのだ。

そのアイデアの裏付けを探すおれは、続けざまに更なる事実に気がついて、書斎を飛び出した。唖然としている父と舞の間を走り抜け、二階の西端にある小部屋へ入る。木製テーブルの上に並ぶ卒業アルバムを片っ端から開き、一ページずつ丁寧に確認する。

「……やっぱりだ」

四冊目にして目当てのものを見つけ、自らの仮説の正しさを確信した。

「どうしたの、お兄ちゃん！」

追いかけてきた舞と父に、おれは得意満面で答える。

「謎が解けた」

4

ええっ、と舞は目を輝かせた。ついさっきまで「どうだっていい」とすまし顔をしていたのが嘘のようだ。

「ほう。聞かせてくれるか」

父は試すような口ぶりだった。もちろん、とおれは一つ頷く。

「小学一年生の頃に見たとき、書斎の本棚はすでに埋まっていた。あの部屋に本棚を追加するスペースはないし、本棚の種類が変わったわけでもない。一部の本を別の場所に移してもいないようなのに、なぜ未だ本が溢(あふ)れていないのか。常識的な考えで説明がつかないのなら、思考を少しばかり飛躍させる必要がある。

じいちゃんは書斎を丸ごと広げることによって、仕舞える本の冊数を増やしたんだよ」

「はあ？」と舞は首を大きく傾けた。

おれは少し間をとって、説明し直す。

「要するにな……十三年前に入った書斎と、現在の書斎は別物だったんだよ。おれが昔入ったのは、この西側の小部屋だったんだ」

父と舞は揃って目を見張った。

元々西端の部屋が書斎で、東端の部屋にはアンティーク家具が置かれ一家団欒（だんらん）の場となっていたのだろう。一人暮らしになりそうした場が不要となったため、本棚の空きがなくなったタイミングで、祖父は同じ本棚を何台か買い足し、より広い東端の部屋へ書斎を移したのだ。それに伴って、家具たちは西側の小部屋に、窮屈（きゅうくつ）に押し込まれることになった。

「おれが覚えていたのはあくまで、三方の壁を覆い尽くす本棚の迫力だ。全部で何台本棚があったか、当時は数えちゃいない。

二つの部屋はともに正方形で、奥の壁の同じような位置に窓がある。しかし東側の方が部屋そのものが広いから、壁一面あたりに並べることのできる本棚の数は多い。結果として、昔より本棚が増えて書斎の容量が増したのに、パッと見たときの雰囲気は変わらなかったんだよ」

おお、と父は感服したように唸（うな）った。一方の舞は、強引ななぞなぞの解説でも聞くかのように唇を尖（とが）らせている。

「おかしいでしょ。この部屋に比べて、東側の部屋は倍近く広いんだよ。『あれ、なんか広くなってね？』とか、お兄ちゃんは思わなかったわけ？」

舞の指摘は鋭い。おれの抱いた「昔と変わらない」という印象は、広さの感覚まで含んでいたはずだ。

「子供の頃に遊んでいた公園を大人になってから訪れると、こんなに狭かったのかと驚くことがあるよな」道中の舞の反応を思い浮かべ、おれは切り返した。「じゃあ、その公園がもしも広くなっていたとしたら、気づける自信があるか？　まさに記憶の通りだと、むしろしっくりくるんじゃないか？」

　広さの体感は変化するものだ。体が成長すれば、目線は高く、歩幅は大きくなって、空間は相対的に狭く感じる。小学一年生のおれにとっての西側の部屋の広さと、今のおれにとっての東側の部屋の広さが体感として同じだったから、違和感を見過ごしたのだ。

　舞は納得した様子で引き下がる。

「証拠だってある」とおれは畳み掛けた。「昔じいちゃんは書斎の窓の外を指して、『伊集院というおれの教え子があそこの先生をやっている』と言ったんだ。てっきり病院を示していたのかと思ったが、おれがあのときいたのは、どうやらこっちの小部屋だった」

　小学一年生の身長では角度的に、窓から見下ろせる街並みが目に入らない。祖父が実際に何を示していたのか、当時のおれには分からなかった。

　答え合わせをするため、おれは閉まっていたカーテンを引く。

　正面に現れたのは、祖父の家から見て、病院の反対側にある建物——すなわち、おれの母校だった。真っ赤な夕焼けを背にした校舎が数キロ先に建っている。祖父の言う「先生」は、「病院の医師」ではなく「高校の教師」を意味していたのだ。

「だったらその先生と面識があるかもしれない。そう思って卒業アルバムを虱潰(しらみつぶ)しにチェックし、『伊集院』という苗字を見つけたんだ」

おれは二人の前に、三十年前の卒業アルバムを差し出す。

開いたページの左上に記された、「伊集院芳子（よしこ）」という名前。

その上にあるのは、左頬のえくぼがチャーミングな女子生徒の写真だ。

「おれの担任だった濱口芳子先生の面影がある。伊集院は濱口先生の旧姓だったんだよ。これで、じいちゃんが指していたのはあの高校であること——ひいてはこの部屋が当時書斎だったことが確定した」

おれのたわいもない疑問は、高校時代の担任教師が祖父の教え子だったという意外な事実を引っ張り出し、決着を迎えた。祖父がひょっこり現れて「よくわかったな」と褒めてくれるわけでもないが、達成感がじんわりと湧き上がる。

父は、ぱちぱちと手を叩いていた。

「物証まで見つけるとは抜かりないな。まあ、親父が書斎を移すときに手伝ったから、おれは最初からわかっていたんだが」

父は、「自分で解き明かす」と宣言したおれの意思を尊重し、黙っていてくれたのだろう。

「じゃあ、今度こそ帰ろうか」

父とおれは階段に足を向ける。だが、舞はこめかみに指を添え、部屋の中で動こうとしない。

「何ぼけーっとしてるんだ。早く行くぞ」

おれは舞に声をかける。先ほどとは立場が逆転している。

真っ直ぐに見つめ返してきた舞は、きっぱりと言い放った。

「やっぱりおかしいよ！　伊集院さんが学校の先生だなんて」

「……どうして？」

「だってさ、おじいちゃんが病室でお兄ちゃんに言っていたことはどうなるの？」

おれは絶句した。

思った通りの証拠が見つかった興奮で失念していた。おれが伊集院を医師だと思い込んでいたのは、部屋の錯誤だけが原因ではない。今際の際の祖父は、おれが見舞いに行ったことを伊集院先生から聞いたと語っていたはずだった。

地平線に載った夕陽が、バターみたいに蕩けていく。

おれたちはまだ、この家から出られそうにない。

5

この間はすまなかったな。伊集院先生に話を聞いたよ——祖父は確かにそう言った。

伊集院は珍しい苗字だ。おれが会った長身の医師もたまたま同じ苗字だった、なんて偶然はないだろう。

となると祖父は、本当は「濱口芳子先生から話を聞いた」と伝えたかったことになる。教え子の濱口先生は祖父の中ではずっと「伊集院」だったから、おれが「濱口先生」としか認識していないことを忘れ、「伊集院先生」と口にしたに違いない。

だが、今年の四月以降、おれはほぼ家に引きこもっていて、濱口先生と会っていない。卒業してからの一年半、電話で受験結果の報告をしたくらいで、それ以外の関わりは一切なかった。最近のおれに関する「話」を、濱口先生が知っているはずがないのだ。

この間はすまなかったな、とは、何の話を聞いての反応だったのか。入院中の祖父に認知症の症状が表れていて、支離滅裂な発言をしたのだとは思えない。両親からそんな話は聞かなかったし、祖父の知的探究心は健在で、枕元には読みかけの本もあった。

本。

耳の奥で、また祖父の声が蘇る。

――啓の疑問の答えは大抵、本の中にあるんだ。

おれはさっき祖父の書斎から選んだうちの一冊を開き、カバーの内側に書かれたあらすじを追った。『ゾウの時間 ネズミの時間 サイズの生物学』という新書。動物のサイズが違えば、寿命も違い、時間の流れる速さも違う。

頭の中で、何かが共鳴する気配がした。

……もしかして。

子供から大人になると、空間的な感覚が変化する。それと全く同じことが、時間的な感覚についても言えるのではないか。人生全体の長さが分母となるため、長く生きた分だけ、体感時間が相対的に短くなっていくのだ。

思いついた途端に、それだとしか思えなくなる。

つまり――八十歳の祖父にとっての「この間」は、おれと喧嘩をした二年半前を意味していたのである。

こんなシンプルな解釈に思い至らなかったのは、受験勉強漬けの二年半が、おれからすればあまりにも長い時間だったからだ。

同じ国語教師になった濱口先生と祖父の交流は続いており、入院を知った先生は見舞いに来たのだろう。そこでおれの話になった。その具体的な内容は想像することしかできないが、祖父に反抗してしまったおれの本心や、なぜ会いに行こうとしないのかを、先生は全部知っていた。あの世話焼きな濱口先生のことだ、おれの思いをそれとなく伝えてくれたに違いない。

だからこそ祖父も「すまなかった」と謝ってくれたのである。

澱のように溜まっていた後悔と無力感が、少しずつ溶けていく。

おれの謝りたかった気持ちは届いていた。祖父は最期に、おれを赦してくれたのだ。

目頭がじわりと熱くなった。

祖父がおれのことをどう思っていたかなんて、本当の意味で確かめる術はもうないし、今後に何かの影響を与えるわけでもない。でも、おれにとってはどうしようもなく重要で切実な問題だった。

「……にしても、二年半前はどう考えたって『この間』じゃねえだろ、じいちゃん」

笑みがこぼれる。久しぶりに顔の筋肉が動いた感覚があった。急に目を潤ませたかと思えば今度は愉快げなおれを、舞と父は不思議そうに眺めている。

「怖いよ、お兄ちゃん。何がわかったの」

「まあまあ、落ち着けって。帰りの車で話してやるよ」

「は、うざ」

二人に構わず、おれは軽快に階段を駆け降りる。

今日の出来事が、将来を劇的に変えてくれるわけではない。数ヶ月後に分の悪い大勝負を控えた崖っぷちの浪人生であるという現実は、厳然として存在している。

だが、目の前に立ちはだかるこの壁の高さも、今はまだそう感じる、というだけなのかもしれない。

きっと、未来のおれは涼しい顔で振り返るのだ。数年の足踏みなんて、大したことはなかったと。

おれは一人先に外へ出て、立派な祖父の家を見上げた。追いついた舞が隣に並ぶ。

――ありがとう、大好きなじいちゃん。

父が玄関のドアを閉める。ガチャリ、という重い音を伴い、鍵がかけられた。

速水士郎を追いかけて

1

速水士郎は、敏感すぎる。

突然肩を叩いたおれの手に驚き、身震いをして立ち上がる彼を見ると、改めてそう思う。

「なんだ、一ノ瀬くんか。もう、びっくりさせないでよ」

速水は両耳のワイヤレスイヤホンを外し、重たい前髪の奥から非難めいた眼差しを向けた。机上に敷かれたランチョンマットには小ぶりな弁当箱が載っている。ハンバーグが食べかけだ。

「悪い、驚かせるつもりはなかったんだ」両手を合わせるが、動転する速水の反応を見たい気持ちも皆無ではなかった。「何を聞いてたんだ？」

「あ、これ？　何も聞いてないよ。ノイズキャンセリング機能を使っていただけ」

意表を突く返事におれが怪訝な顔をするなり、速水は大きく手を振って、取り繕うように付け足す。

「あ、みんなの声が耳障りだったとかそういうことじゃなくて！　お弁当の味に集中したかっただけなんだよ」

はあ、と相槌を打ちつつ周囲を見渡す。真夏日が続く近頃、校庭に出る者はいない。あちらこちらでてんでばらばらな話題が飛び交ういつも通りの教室を、特段うるさいとは思わなかった。

腰を下ろした速水がお弁当の残りを平らげるのを見届けてから、おれは彼の前に演習プリントを手早く滑り込ませた。

「ちょっと数学を教えてほしいんだ。この問題の解き方がわからなくてさ」

速水の了承を待たず、同じサッカー部の堂前を呼び寄せる。暗めの茶髪をワックスで固めた彼は、香水の匂いを仄かに漂わせている。速水は諦めたようにため息をつき、受け取ったプリントに意識を集中させた。

「ああ、これはね……」

速水の解説は相変わらずわかりやすい。おれたちがどこを理解していないのか、的確に炙り出してくれる。

「さすが速水くん。すごいね、これからは速水先生って呼んじゃおうかな」

「え、あ……うん」

堂前の軽口に気の利いた返しの一つもできない速水を眺め、おれは手で額を覆った。極度の人見知りである速水のことだから無理もない。同じ教室に三ヶ月以上いながら、二人が直接言葉を交わしたのは数えるほどしかないだろう。

高校一年の七月。速水は一年五組で少しだけ浮いていた。おれはそんな彼を見兼ね、お節介かもしれないと自覚しつつも、彼をクラスに馴染ませようと画策している。友達を巻き込んで勉強を教えてもらうのもその一環だった。

なぜそんなことをするのか。中学からの付き合いだから、というのも理由の一つだけれど、それだけではない。おれは速水に、恩があるのだ。

おれ、一ノ瀬仁は、彼に一度救われたことがある。


おれと速水の通っていた地元の中学校は荒れていた。一部のヤンキーまがいの連中は学校の内外で悪さをしており、窓ガラスの破損や他校生との喧嘩といったトラブルは日常茶飯事だった。かくいうおれも、決して優等生とはいえなかった。授業中の騒がしさや反抗的な態度で、常々先生たちに目をつけられていたはずだ。だが、それ以上の大きな問題を起こすことはなく、平凡な一生徒として単調な日々を過ごしていた。

事件が起きたのは三年生の七月のことだ。全校集会を終えて教室に戻る途中、水泳部の顧問で生活指導担当の上野先生に呼び止められた。

髪が長すぎる、というのが先生の言い分だった。目にかかる前髪や肩に届く襟足は校則違反だ、すぐに切ってこい、と凄まれる。

「別に誰にも迷惑かけてないんだからいいじゃないですか。外見で判断するなんて古いですよ」

当時新しい髪型を気に入っていたおれは、咄嗟に反論した。

「校則は校則だ。口答えするんじゃない」

「それを言ったら、注意するべき人は他にもいますよね？」

頭に浮かんでいたのは、同じクラスの鈴木珠理奈の顔だ。彼女は化粧禁止の校則を学校でただ一人破り、あからさまなメイクをしている。他にも非行の噂は絶えないのに、親が柄の悪いクレーマーであるせいか、先生たちは鈴木への指導を怠っていた。

「他の生徒は関係ない。従わないのなら、岬先生にも報告するぞ」

上野先生がサッカー部の顧問の名前を挙げたとき、先生が注意する相手を選んでいることを悟った。鈴木をはじめとする部活動に所属していない素行不良の生徒たちは、端から聞く耳を持たない。一方で、サッカー部員で公立高校への進学を希望しているおれは、学校のルールで丸めこめる。

無意識のうちに舌打ちが出た。思いのほか露骨に鳴ったその音に、上野先生が青筋を立てるのがわかった。

「おい、それが教師に対する態度か」

「生徒を公平に扱わないのが教師なんですね」

周りで足を止めていたクラスメイトの視線が、おれの気を多少大きくさせていたのかもしれない。青臭い捨て台詞を残して、おれは足早に立ち去った。


その日の放課後、おれたちの班が教室の掃除をしていると、上野先生が肩を怒らせて飛び込んできた。

「おい、一ノ瀬。おまえか?」

「何がですか?」

「屋上に出る扉を開けたら、プールサイドにゴミが散乱していたんだよ。おまえ、今朝おれに注意された腹いせにやったんじゃないだろうな? 散らかっていた紙類を見るに、このクラスのゴミだったぞ」

　教室後方のゴミ箱を覗くと、中身はすっからかんになっている。

　当然、おれには心当たりがなかった。

「知りませんね。決めつけるのはやめてください」

　舐められないように努めて毅然と振る舞ったが、それがかえって白々しく映ったようだ。「いいから来い」と教室から強引に連れ出された。

　プールは校舎の屋上にある。プールサイドに足を踏み入れると、フェンスの側の一箇所に、余ったプリントやティッシュが山積みになっていた。

　だが、おれがどうやってこれをやったというのか。プールに繋がる扉の鍵は職員室にあり、先生たちしか使えないはずだ。

「そこから投げ入れたんだろ？」

　おれの疑問に答えるように、先生が上方を顎で指した。プールの横には、同じ棟にある一階分高い屋上が隣接している。あちらの屋上にプールはなく、扉に鍵もかかっていないから、生徒は自由に出入りできる。フェンスから身を乗り出し、ゴミ箱の中身をぶちまける何者かの姿を思い描くことは難しくなかった。

「おまえらのクラスから屋上へはすぐ行ける。昼休みなら校舎内も人がまばらになるだろう。誰にも気づかれずにゴミ箱を持ち出すことができたはずだ」

「おれじゃないですって。何か証拠はあるんですか？」

「いいから片付けろよ。部活に支障が出るだろ？」

上野先生はいかにも迷惑だという顔をして命じた。その居丈高(いたけだか)な振る舞いに神経を逆撫でされ、不適切なことをまた言いそうになる。

「……あの、もう大丈夫ですか？」

割り込んだか細い声におれと上野先生が振り返ると、扉の近くに同じクラスの速水士郎が立っていた。内気そうで誰かと親しくしているふうでもない彼は、この先も深く関わることはないのだろうと思っていたクラスメイトの一人だった。

「掃除が終わったので……一ノ瀬くん、戻って来ないかなって」

速水とは同じ清掃班で、掃除が済んだら全員で先生に報告することになっている。

「ここを掃除してもらうまで、一ノ瀬を帰らせるわけにはいかないな」

上野先生の言葉につられ、ゴミの山に気付いた速水は目を丸くした。彼は警戒しつつも、興味を惹かれたようにそちらに近づいていく。その慎重な足取りがまるで居眠り中のライオンとの距離を縮めてでもいるみたいに大仰で、おれの口元は少し緩んだ。

「う……変な匂い……もしかして」

独り言をこぼした速水は身を屈め、気が進まなそうに紙の山を漁り始めた。やがて下の方から何かを取り出す。

「上野先生……その」言葉を詰まらせながら、速水は一本のタバコの吸い殻を摘み上げた。「犯人は、一ノ瀬くんじゃないと思います」

「ああ？　どういうことだ」

眉間に皺(しわ)を寄せてドスを利かせる先生に、速水は震え上がる。

「どうしたんだ、速水。何かわかったのか？」

おれが問うと、彼はたどたどしくも断固とした口調で告げた。

「うん……。上野先生、一ノ瀬くん。ぼくたちの教室まで、来てください」

教室前の廊下ではクラスメイト数人が駄弁っていた。その近くまで来て、速水はおれたちに向き直る。

「このタバコには吸われた形跡があります。匂いも残っていたので、ごく最近のことでしょう。それに、よくご覧ください」

速水は焦げているのとは反対側の端を見せた。

「咥える部分が微かに赤くなっています。これは口紅の痕跡です」

口紅――その単語を聞いて、速水がおれたちをここまで連れてきた意図に察しがつく。唯一口紅を塗っているクラスメイトが、すぐそこで友達と喋っていた。

「おい、鈴木。このタバコ、鈴木が吸ったのか？」

おれに呼びかけられた鈴木珠理奈はぎょっとした顔になる。そのままそっぽを向いて立ち去ろうとする彼女に向かって、速水は話しかけた。

「教室のゴミ箱に、自分が吸ったと思われそうなタバコを捨てるのは不用心すぎます。となると――昼休みに屋上のフェンス際で喫煙していた鈴木さんは、咥えていたタバコをプールサイドに落としてしまったのではないですか……？」

鈴木は何も答えず、速水を睨みつけている。おれと上野先生は、息を呑んで二人を見つめた。

「鍵がかかっているため、プールがある方の屋上に入ることはできない。でもそのままにしておけば、吸い殻が見つかって問題になり、口紅から鈴木さんのものだとバレてしまう。そこで鈴木さんは、教室からゴミ箱を持ち出し、大量のゴミでタバコを覆い隠すことで、まとめて片付けられることを期待したんです。違いますか?」

こんなに流暢に喋る速水を見るのは初めてだった。面食らった様子の鈴木は、少し間を置いてから言い返す。

「女の先生がタバコを吸っていたのかもしれないだろ」

「先生ならこんな面倒なことをする必要はありません。職員室からプールへの鍵を取ってきて、直接回収すればよかっただけです」

速水の即座の反証に、鈴木は言い逃れがきかないことを悟ったようだ。

「ちぇっ……今朝上野と喧嘩してたから、一ノ瀬のせいにできると思ったのによ」

彼女はふてぶてしく吐き捨てて、指先で前髪をくるくるといじりだした。自分が叱られることはないと確信しているようだ。

「上野先生。生徒は公平に扱ってくださいよ」とおれは促す。「教師ならね」

上野先生は、やれやれ、というように肩を竦めた。

「鈴木、今すぐゴミを片付けろ。そんで終わったら職員室に来い。みっちり指導してやる」

マジで助かった、とおれは速水の両肩を摑んだ。

「あのままじゃ、おれが犯人にされるところだったぜ。……それにしても、よく気づいたな」

タバコの匂い。口紅の痕跡。それらの手がかりから何が起きたかを見抜く明晰な思考。普段の頼りなげな彼からは想像もつかない鋭さに、おれは掛け値なしに驚いていた。

そんなことないよ、と謙遜する速水は、不貞腐れた態度で屋上へ向かう鈴木の後ろ姿を、不安そうに見送っている。

この件以降おれたちは話すことが増えた。相変わらず速水は引っ込み思案で無口だったけれど、徐々に心を開いてくれるようになったのが嬉しかった。

速水はおれの前で度々、鈴木を気遣う言葉を口にした。というのも、初めて先生にまともに叱られてプライドが傷ついたのか、はたまた喫煙の事実がクラス中に知れ渡って居心地が悪くなったのか、彼女はあれ以来学校を休みがちになったのだ。風の噂では、他校の不良と連んで夜の街を遊び歩いているらしい。

「ぼくのせいだよね……あんな、見せしめみたいな追い詰め方をしたから」

速水は本気で自責の念に苛まれているようだった。その度におれは「気にしすぎだろ」と彼を励ました。悪事を働いたのは鈴木なのだし、学校に来ないのも彼女の選択なのだから、速水が気に病む必要は全くないのだ、と。

おれと速水は奇しくも同じ高校に進学し、再び同じクラスになった。気弱で、やや挙動不審なところのある速水は、お世辞にも友人を作るのが上手い方とは言えない。そこでおれが、クラスメイトとの橋渡し役を勝手に務めているというわけだ。速水のことだから、おれの立ち回りの意図にも勘づいてはいるのだろうけれど。

「ほんと助かるわ。この前の定期テスト、酷(ひど)かったから」堂前は馴れ馴れしく速水と肩を組んだ。

「これからも頼むよ」

「う、うん……」速水は身を縮こまらせた。「堂前くんの親御さん、厳しそうだしね」

え、と堂前は表情を硬くし、おまえそんなこと話したか、とこちらに目配せしてくる。おれは首を振った。

「あ、いや、ごめん……。ほら、堂前くんの髪、根元がちょっと黒くなってきてるから。お洒落(しゃれ)な堂前くんがそれに気づいていないとは思えないし、親御さんが染めることに反対しているのかなって。それに、堂前くんのバッグ。香水と整髪料が奥の方に見える。これも、家族に見つからないように持ってきているんじゃない？」

速水の早口に、堂前は鳩が豆鉄砲を食ったような顔になった。「あ、ごめん、失礼だったよね」と速水はすぐに謝る。推理を披露するときだけ我を忘れて饒舌(じょうぜつ)になるのが、速水の癖だった。

「いや、びっくりしてたんだ。速水くんの言う通り、おれの親は『ちゃらついてないで勉強しろ』ってうるさいんだよ。高校生なんだからこのくらい許してほしいんだけど……それにしても、細かいところまでよく見てるな」

堂前の心底感服したような口ぶりに、おれは自分が誉められたように嬉しくなった。それから気づく。おれは別に、恩返しだけが目的で速水とクラスメイトとの接点を作っているわけではない。ただ単純に、みんなに速水のことを知ってもらいたいのだ。

お気に入りのインディーズバンドを、知り合いに片っ端から勧める感覚に近かった。結局おれは速水のちょっとしたファンで、彼がいかに繊細かつ鋭い視点で物事を見ているかを共有したいのだろう。

　そこで、照れたように俯いていた速水が呟いた。

「あれ、なんか変な音しない？　とんとんとんって、金槌を叩くみたいな」

「そうか？」

　おれは耳を澄ました。一瞬だけ、微かな金属音を拾ったような気がする。

「あ、聞こえなくなった」

　速水の反応に、おれと堂前は顔を見合わせた。なぜそんなことに気がついて、気になってしまうのか。速水の特異な感性は、やはり理解しきれない。

　昼休みの終了を告げるチャイムが鳴った。

2

「ああ、部活だりー」

　校舎一階にある更衣室で練習着に腕を通し、すっかり口に馴染んだ不平を垂れる。朝から濃密な授業に曝され続けた頭と体は重たく、炎天下の校庭に繰り出す億劫さは拭えない。

「たらたら着替えんな、一ノ瀬。先輩たちが来ちまうぞ」

　隣のクラスの遠藤が入口のドアに凭れて急かしてくる。おれはソックスに足を突っ込み、彼のもとに駆けてゆく。

例えば、先輩よりも先に校庭に出て、練習の準備を整えておくこと。遠征のたびに備品を持ち帰ること。練習後にコートブラシを持って校庭を走り回り、荒れた地面を均すこと。こまめにボールに空気を入れ、蹴りやすい状態に保っておくこと。

それらすべてはサッカー部の一年生に課せられた役割であり、先輩とおれたちの上下関係は明確だった。中学時代の比ではない縦社会だ。

部室から用具を運び出す係は日替わりで、今日はおれと遠藤が当番だった。代替わりして初めての公式戦の時期が近づき、部内の空気はピリつきだしている。先輩がスムーズに練習を始められるようにと、おれたちは五時限目が終わるや否や教室を飛び出していた。

遠藤と連れ立って校庭の奥へ向かう。部室棟の外壁に釣られたサッカー部のキーボックスに四桁の暗証番号を打ち込んで鍵を取り出してから、部室の入口の引き戸に付けられた南京錠に挿し込む。戸を引いたところで、すぐさま異変に気がついた。

「おい、何だこれ！」

室内が荒らされていた。ベンチは倒され、マーカーコーンが散乱している。奥の小窓は開いていて、よく見るとガラスに手のひら大の穴が穿たれていた。誰かが外側から窓を割り、クレセント錠を回して侵入したのか。窓は腰の高さにあり、一般的な体格の人なら身を潜らせられる大きさだ。

「どういうことだ。空き巣に入られたのか？」狼狽しながら備品を確認する遠藤が掠れた声で呟くのを聞いて、おれのイメージの中の〝誰か〟はにわかに唐草模様の風呂敷を背負い出す。「ほら、ジャグとビブスがない。ボルバも一つ足りないぞ」

いつもの部室を思い返す。遠征試合のときの水分補給に使うジャグと、ミニゲームでチーム分けするときに着るビブスの入った袋が見当たらなかった。また、サッカーボールの収められたボルバ――ボールバッグも、三個入りのものが二つ、四個入りのものが三つしかない。四個入りのボルバは本来四つあるはずなのに。

「……盗まれたのか？」

おれは改めて十畳ほどの部室を見渡す。汗を煮詰めたような饐えた匂いは平常運転で、ホワイトボードや鏡、棚の小物にも異状はなかった。金目のものは元からないが、安価な部活用具のみを標的にする泥棒というのは聞いたことがない。

「とにかく先生を呼ぼうぜ！」

妙な事態になっていることは間違いなかったが、考えていても埒があかない。おれたちは部室を飛び出した。顧問のいる職員室へ急ぎながら、だんだんと足取りが重くなっていく。原因が何であれ、この件を知った先輩たちが機嫌を損ねるのは容易に想像がつくからだ。

校舎に入ったところで、帰宅しようとしていた速水士郎に出くわした。練習着のままのおれたちを見て、目をぱちくりさせる。

「お、速水！　いいところにきた。なんか部室が荒らされていてさ」

思わず速水の肩に縋ると、彼は顔を引き攣らせた。

「一ノ瀬くん、なんか臭い……」

ウェアに部室の匂いが染み付いていたのだろうか。速水は一歩後ずさりしてから、「いいところにきた、って？」と説明を乞う。

「早く何が起きたかを明らかにしないとめんどくさいんだ。力を貸してくれよ」

「ええ、なんでぼくが……」

「速水、こういうの得意だろ。ほら、部室にきてくれ」

油を売っている場合じゃない、という顔の遠藤に「顧問を呼ぶのは任せた！」と告げ、おれはそのまま速水を連れて引き返す。速水は困り果てた表情を浮かべているものの、抵抗はしない。

部室に到着した速水は恐る恐る歩を進め、入口をくぐったところですぐに口元を隠した。

「う、臭い……。汗の匂いに、制汗剤の香りが混ざってて……」

人一倍敏感な速水には我慢ならない激臭のようだ。鼻を摘み、身を屈めて前進する。

「室内が荒らされて、備品がいくつかなくなっていたんだ。そんで、あそこ。窓ガラスが割れているだろ」

「ほんとだ。ガラス片は窓の真下に落ちているね」と速水は目敏く指摘した。「入口には南京錠がかかっていたようだから、内側からも開けられない。窓を外側から割って侵入した犯人は、脱出にもこの窓を使ったはずだよ」

「にしても、人が通るにはかなりぎりぎりの大きさだな」横引き窓は左側に寄せられていて、開口部は縦三十センチ×横四十センチ弱くらいしかない。「いっちょ、試してみるか」

「えっ」

動揺する速水を尻目に、おれは挙げた両手を揃え、ダイビングよろしく窓枠に頭から突っ込んだ。床を蹴って身を捩（よじ）らせると、一瞬体が浮き、伸ばした手は外のアスファルトに触れる。腕で反動をつけているうちに、なんとか腰が窓を通過した。標準体型の男子高校生なら、かろうじて出入りは可能なようだ。

「ちょっと、びっくりさせないでよ」速水は外で待ち構えていた。「現場保存は捜査の基本だよ？　あんまり手荒なことしちゃダメだって」

「ああ、そんなこと全く考えてなかったな。犯人の指紋だって残ってるかもしれないのか」

「いや、今の一ノ瀬くんの動きを見て、その可能性は低いと思った」

「どうしてだ？」

「ガラス片だよ」と速水は窓に目を向ける。「この窓を通るには、今一ノ瀬くんがそうしたように、一度地面に手をついて体を支えないといけない。脱出のときは問題ないけれど、侵入するときは割れた窓ガラスの欠片が散らばる部室内の床に手をつける必要がある。素手ならタダではすまないよ。でも、ガラス片をどかした形跡はないし、血痕も残っていないから、犯人は丈夫な手袋をつけていたんじゃないかな。だったら、指紋が検出される見込みは薄い」

速水は一息に説明してから、一方的に喋りすぎたとばかりに慌てて口を押さえた。おれはただただその洞察力に脱帽する。やはり彼に助けを求めたおれの判断は間違っていなかった。

「それを聞くと、だいぶ手慣れた犯行みたいだな。でも、プロの泥棒がわざわざ高校の部室から大した価値もない備品を盗んだりするのか？　リスクに見合ったリターンがあるとは思えない。まだ学校関係者の犯行だという方が、納得が行くんだが……」

「生徒の仕業ってこと？　だとしても、何かメリットはあるの？」

そうだ、誰にもメリットなどない……とおれが言い淀んだところで、顧問や他の一年部員がやってきた。入口の前で顧問に制止された部員たちは、中の様子をひと目見ようと首を伸ばしている。その賑わいの中で、堂前の場違いに弾んだ声が聞こえた。

「おい、もしかしてこれ、今日の部活中止になるんじゃね?」

目から鱗が落ちた気分だった。前言撤回だ。おれたちが備品を盗むメリットは、確かに存在する。

3

部室前に集められた一年部員の証言で、状況が詳らかになっていく。

部室からなくなっていたのは先ほど確認した通り、ジャグ、ビブス、そして四個入りのボールバッグ一つだった。日曜日の昨日は他校で練習試合があったため、いずれの備品も一年部員が持ち帰り、今朝一番に部室に戻したという。ジャグは一組の三戸、ビブスは七組の守田がそれぞれ持ってきたが、朝の時点で部室に異状はなかったそうだ。

計六つのボールバッグを持参したのは二組の井戸田、三組の長崎、五組の堂前、六組の遠藤、七組の岸本、八組の柴崎である。直径二十二センチのボールを縦に並べる三個入りのバッグに比べ、二×二の配置で収める四個入りのバッグは運ぶのが大変で、誰が持ち帰るかで毎度揉める。今週末四個入りの方を担当していたのは井戸田、長崎、岸本、柴崎の四名であり、盗まれたのはどうやら柴崎の持ってきたもののようだった。彼は通学時の満員電車内でボールが溢れないか不安で、バッグを閉じるファスナーの紐同士を結んでいたらしいが、残っていたバッグにはそうした細工が施されていなかったのである。

「ねえ、そろそろ帰ってもいい……？」

次いで、守衛さんに事情を聞きにいき、犯行時刻について整理していると、しばらく待ってもらっていた速水が痺れを切らしておれの袖を引いた。サッカー部の輪から離れ、おれたちは校庭の隅へと移動する。

「すまん、すまん。だが少しずつ事態は把握できてきた。朝の時点で備品はすべて持ち込まれていて、部室も荒らされてはいなかったそうだ。部員の中に犯人がいるとしたら、その後に実行したんだろう」

「部員って……誰か心当たりがいるの？」

「具体的にはいない。ただ、練習が中止になることが犯人の狙いかもしれないと思ったんだ。備品がなくなり、犯人もわからない状況では、普段通り練習をするわけにはいかないからな」

「中止？　どうしてそんなことを？」

「どうしてって……部活が、だるいからだよ」

速水はぽかんとした顔をしている。帰宅部の彼にはぴんと来ないらしい。

「部員なら窓を破ることはないんじゃない？　部室の鍵を使えば入れるんだから」

「定期的に変更されるキーボックスの暗証番号を知っているのは一年だけだ。備品管理は一年生の仕事だからな」

「素直に考えれば、鍵を入手できない上級生が犯人ということになるね」速水は部室の方を眺め、ひとまずの結論を出す。「練習の中止が目的だとしたら、だけど。……部活をサボるためにここまでするものかな？」

「それは……」

最近の練習風景を思い返す。夏の日差しが容赦なく降り注ぐなか、動きが緩慢(かんまん)だと先輩に尻を叩かれ、不用意なミスをしたら怒号を飛ばされる。部活動中の三時間は一瞬たりとも気を抜けず、がむしゃらにボールを追いかけていた頃みたいにサッカーを楽しむ余裕はない。この苦行を回避するためなら、多少の荒技は厭(いと)わないかもしれない。

「考えたくはないが、ありえない話ではないと思う」

「そんなに嫌なら、どうして部活をやめないの？　誰かに強制されているわけでもないのに」

速水らしからぬ皮肉とも取れたが、彼の真っ直ぐな目を見て思い直す。これは速水なりの、素朴な疑問なのだ。

「おれたちは、部活のない学校生活を知らないんだ。だからどんなに練習がきつくても、先輩が怖くても、辞めるなんて発想は出てこない。そういう世界で生きているんだよ。傍(はた)から見たら滑稽(こっけい)かもしれないけどな」

「なるほど……」

「それに、九割の時間はしんどくても、残りの一割に、楽しさや充実感を得られるときがあるんだ。自分の成長を嚙(か)み締められる瞬間が。だから、部活はだるいけど、でも、好きなんだよ」

速水は感じ入ったように何度も頷き、尊敬のこもった眼差しまで向けてくるので、おれは気恥ずかしくなって話を戻す。

「犯人が生徒だとして、問題となるのは盗んだ時刻だ。朝、授業前にはまだ荒らされていなかっ

校舎　見取り図

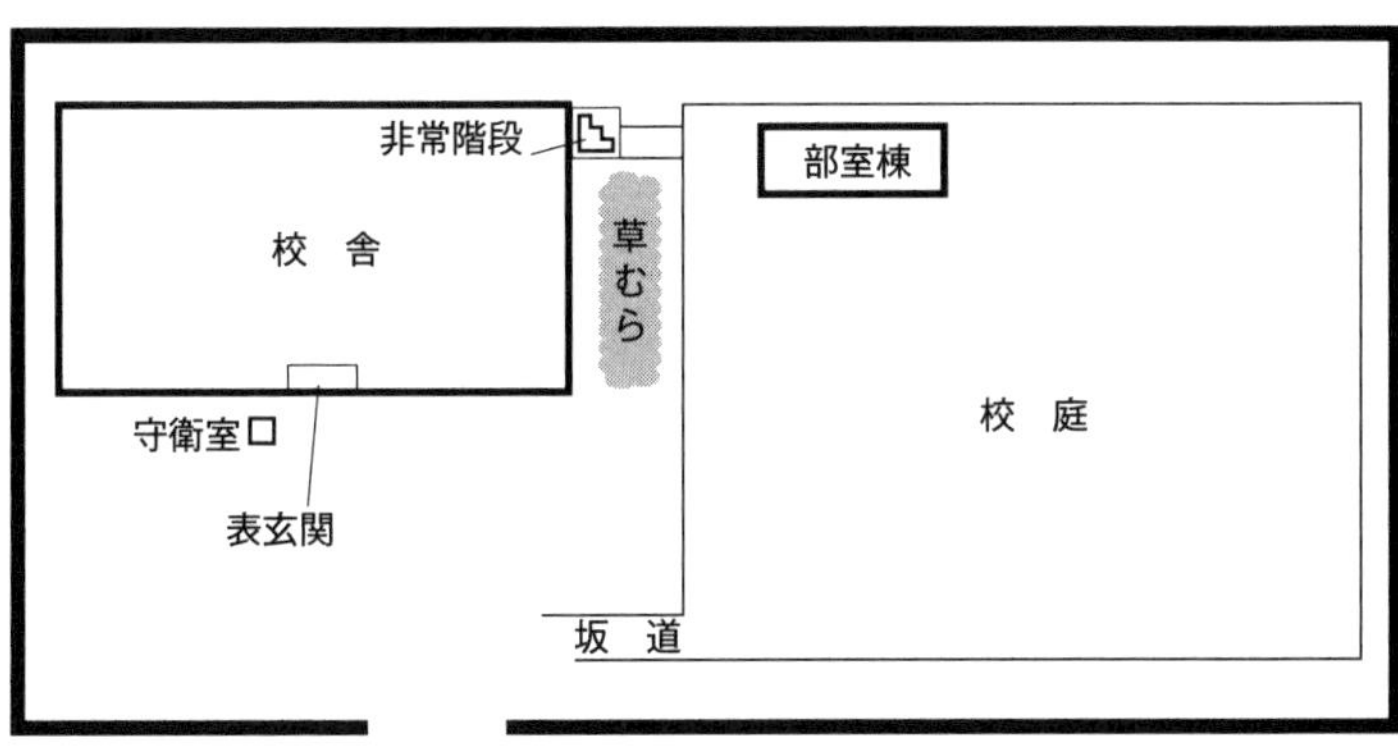

たそうだし、長崎と堂前は、朝のホームルームが始まる寸前までその鏡で髪をセットしていたらしい。となると、授業間の十分休みや昼休みに侵入された可能性が高いが、校舎の表玄関を通って部室棟のある校庭に出るには、守衛室の前を通る必要がある。守衛さんによると、今日のその時間帯、校庭に向かう生徒の姿は見なかったらしい。夏場の昼休みに校庭で遊ぶ人はいないし、体育の授業も今は水泳だしな」

「教室の窓から出るのも、目立ちそうだよね。一階には空き教室もないし、事務室や職員室もある。犯行は不可能なんじゃ」

「外付けの非常階段がある」とおれは校庭から見て校舎の右側を指差した。「普段使うことはないあの非常口から出れば、守衛さんや他の生徒の目に触れることなく部室まで辿り着けるかもしれない」

各階の非常口の外は鉄製の螺旋（らせん）階段になっていた。

校舎一階の表玄関と校庭には高低差があり、校庭は校舎の二階の高さにあたる。ちなみに校舎は四階建てで、各学年、下の階から番号の若い順に二クラスずつ割り当てられており、おれたち五組のクラスがあるのは三階だ。

折よく、部員が一人駆け寄ってきて、とりあえず今日の練習は中止だと教えてくれた。警察へ届け出るかも含め、対応は慎重に検討したいというのが顧問の意向らしい。

「じゃあ、今から見に行ってみるか」

おれたちは校庭の縁に沿って進んだ。短い連絡通路を渡って、二階の非常口の前に着く。

「開けるぞ」

おれは非常口のドアノブに手をかけ、若干の背徳感とともに、ゆっくりと引く。下校時刻まで鍵はかかっていないため、扉は難なく動いた。その途端、壁に張り付いていた蔦がドアの右上隅でぶちりと切れ、速水の顔の前まで垂れ下がる。

「ぎゃあ！」

金切り声を上げ、速水は飛び退いた。

「おいおい、大袈裟だって」

頭を抱えて蹲る彼を後目に、おれは校舎内を覗き込んだ。いつもは来ない廊下の外れだ。すぐ先に曲がり角があり、各教室からは死角になっている。

「このルートなら、人目につかず校庭に出ることも可能だな」

同意を求めて振り返るが、疲れ果てた速水の顔には「もう帰りたい」と書いてあった。これ以上付き合わせるのは申し訳なくなってくる。

「今日の調査はここで打ち切りにするか」

速水に礼を言ってから、おれたちは解散した。

4

翌朝、サッカー部を予想外のニュースが駆け巡った。紛失していたジャグ、ビブス、ボールバッグ一式が、校舎脇の草むらから見つかったのだ。

発見したのは用務員のおじさんだった。早朝の清掃中に、草むらの奥の方に何かが落ちているのに気づき、近づいてみるとそれがサッカー部の備品だったという。部員数名で引き取りに行ったが、袋に入ったビブスやボールに手をつけられた痕跡はなかった。ボールバッグのファスナーには柴崎による結び目が残っており、部室から盗まれたものに相違ない。おそらくは、昨日からそこに放置されていたのだろう。

「やっぱり誰かの悪戯（いたずら）だったみたいだな」

昼休みになるのを待ってから、その新情報を速水に伝えた。学校内で備品が手付かずの状態で見つかった以上、外部犯の線はいよいよ薄い。やはり練習に不満を抱く部員の出来心なのか、それともサッカー部に恨みを持つ何者かによる嫌がらせなのか。

「先輩がやったってことか？　一年なら窓を割らずに南京錠を開けられただろ？」

隣で昼食をかきこむ堂前がぼそりと言う。おれは二年生たちの顔を思い浮かべた。入部したての一年生と比べ、誰もが熱心に練習に取り組んでいる印象がある。彼らがこんなことをするとは考えにくい。

速水は箸を止め、無言で考えに耽っていた。何か気になることがあるのかと水を向けると、おずおずと口を開く。

「一つ聞きたいんだけど……見つかったボールは、空気満タンだった?」

唐突な問いに、おれは困惑しながら答える。

「ああ、いつも通りぱんぱんだったぞ。空気を入れておくのも一年生の仕事だからな」

「そうだよね……」

「どうしてそんなことを聞くんだ?」

「あんまり自信ないけど……ボールバッグはあの窓を通らないいんじゃないかと思って」

おれは弾かれたように立ち上がった。窓枠は縦が三十センチ、横が四十センチ程度だろう。一方でボールが四つ収められたボールバッグの一辺はボール二つ分——約四十四センチだ。おまけに厚みもある。

「確認しに行こう!」

おれは速水と堂前を連れて教室を出た。速水の思いもよらない指摘は、何か重大な意味を持っている気がする。

立ち入り禁止のコーンを素通りして部室の鍵を開け、四個入りのボールバッグを拾い上げた。応急処置として穴を粘着テープで塞いでおいた窓をスライドし、空いたスペースにバッグを押し込む。

通らない。

ボールバッグを斜めにしても、ボールの厚みがネックとなってつっかえてしまう。数分格闘したが、日頃の心掛けの賜物（たまもの）である完璧に膨らんだボールは、窓の外には出てくれない。

「どういうことだ……犯人は窓から備品を盗み出したんじゃないのか」

堂前は当惑した様子で後頭部を掻いている。

「実は、ボールバッグを通過させる、簡単な方法が一つあるんだよ」

速水はおれの腕からボールバッグを受け取って、ファスナーを引っ張った。中からボールを出し、一つずつ窓の外へ放っていく。最後に、空（から）になったバッグを丁寧に丸め、窓を通した。

「天才だな」

「こんなの誰だって……」速水は失礼な台詞を飲み込み、一つ咳払いをした。「昨日の時点では、犯人がこの方法を取ったものだと思っていたんだ。けれど、これも間違いだったことがわかった」

「どうしてだ？」

「これを実行するためにはボールバッグを開けなきゃいけない。でも、ファスナーは結ばれたままで見つかったんでしょ」

そうだった。窓から出入りしたことは隠していないのに、一度解いた結び目を元に戻す理由は見当たらない。

「大体、本当に窓を使ったのなら、四個入りのボールバッグを盗むのは不自然だよ。三個入りの方なら、難なく窓を通すことができたんだから。

つまり、犯人は窓から出入りしていない。実際には南京錠を開けて扉から出入りしたことを隠すために、窓を割ってあたかも外部の人間が侵入したかのように見せかけたんだ」

「おい、ってことは……」堂前の声のトーンが下がる。

「南京錠を開けることができ、かつ扉が使われたと知られては不都合な人——サッカー部の一年生の中に、犯人がいるんだと思う」

おれは速水の推理を反芻（はんすう）する。

ボールバッグに関する考察から、犯人は扉から出入りしたと推測される。南京錠を開けられる人物が犯人だと限定されるのを避けるため、外側から窓を割った。ただ、実際に窓を通るのは大変だから、用具を持ってドアから退室した。その結果、ボールバッグがそのままの状態では窓を通らないことを見落としてしまった。

キーボックスの暗証番号を知る人物は他にもいた可能性があるが、わざわざ窓を割ったのは、犯人が鍵を持ち出せるのが公然の事実だったからこそだ。この条件に該当するのは、サッカー部の一年生だけ。

やっぱりか、とおれは呟く。一年生の多くは部活への不満を溜め込んでいた。漠然と思い描いていた犯人像と一致する。

「サッカー部一年といっても十六人もいるぜ。誰がやったんだ」

堂前は顎（あご）に手をやって考え込んでいる。

「どんな人がいるの？」

速水に尋ねられ、おれたちは三ヶ月練習をともにしたメンバーの名前をクラス順に挙げていく。

一組の三戸。

二組の伊藤、井戸田。

三組の長崎、林（はやし）、東野（ひがしの）。

四組の塩見（しおみ）。

五組の一ノ瀬、堂前。

六組の遠藤、篠宮（しのみや）、友野（ともの）、細田（ほそだ）。

七組の岸本、守田。

八組の柴崎。

一通り聞き終えてから、速水は大きなため息をついた。おれと堂前以外とは面識もないはずだし、苗字だけ聞いたところでどうにもならないだろう。

「それぞれが昨日の昼休みに何をしていたかはわからないよね？」

「明け透けに犯人探しをするわけにもいかないからな。だが、各々に教室を離れていた時間帯があってもおかしくはない。例えば読書家の三戸は図書室の常連だし、筋トレ好きの守田はトレーニングルームに通っているらしい。購買やトイレに行くこともあるし、クラスメイトもいちいち気に留めないだろう」

「アリバイは確認困難か。他に手がかりはないの、速水くん」と堂前は無茶を言う。「現場に何か残されていたとか」

「現場にね……」

速水は鼻をくんくんと鳴らした。相変わらずの悪臭に顔を顰（しか）めつつ、「昨日とは匂いが違う」と首を捻（ひね）る。

「匂い？　おれにはわからないが」

「昔から匂いに敏感なんだよね」匂いにも、とすぐに速水は修正する。「昨日は汗の匂いに混じって制汗剤の甘い香りが漂っていたんだ。それが今はしない」

「まさか、それが犯人の残り香だっていうのか」

堂前も匂いを確かめるように小鼻を動かしながら訊く。

「そういえば堂前くんは昨日の朝、部室にボールを置きに来たついでに、そこの鏡で髪をセットしたんだよね。香水をつけたのもそのときなんじゃない？」

「ああ、そうだよ。家では親に何言われるかわからないからな」

「昨日の放課後には香水の匂いは残っていなかった。つまり制汗剤の香りの方は、朝と放課後の間に侵入した誰かが残したものってことなんじゃないかな」

速水の推察は理(り)に適っている。だが、まさか現場に残された匂いだけで犯人を当てるなんて、警察犬じみた真似をしようとしているわけでもあるまい。

「制汗剤で思い出したけど」と堂前が言った。「最近、ウェアの激臭に辟易(へきえき)した保護者からの差し入れで、一年生に制汗剤が一本ずつ配られたよな。確か、シトラスとフローラルの二種類」

「え、誰がどの香りを受け取ったか、わかる？」

速水は興奮気味に背筋を伸ばした。

「グループチャットで希望調査をして、割り振ったはずだ」

おれはスマホを開いて、チャットの履歴を遡(さかのぼ)る。シトラス系の香りが八人分、フローラル系の香りが八人分あり、一週間ほど前に、希望を募るアンケートがとられていた。

「えっと、シトラスを受け取ったのが、三戸、伊藤、井戸田、長崎、塩見、篠宮、友野、守田の八人だ。残りがフローラルだな。何か参考になるか？」

速水は答えない。目を伏せ、聞き取れないくらいの小声でぶつぶつと呟いている。集中しているときの彼だ。おれと堂前は息を詰め、速水を邪魔しないようじっと見守る。

「……制汗剤……切れた蔦……金槌の音……」

数十秒後、速水は大きく目を見開いた。

「何か分かったのか？」

「……う、うん。運よく、犯人を突き止めることができたよ」

えらく慎ましい解決宣言だった。

「誰なんだ、教えてくれ！」

おれと堂前は頼み込んだが、速水は鼻に皺を寄せて数歩後退し、小刻みに首を振った。

「だめ……言えない」

「どうして！」

「……犯人が、かわいそうだから」

身体中から力が抜ける。説得の言葉を探して視線を彷徨(さまよ)わせているうちに、速水はおれと堂前の間を潜り抜け、部室の外へ出た。

「おい、待てよ！」

「気にしすぎだって！」

おれたちの制止を聞かずに、速水は坂道を下って校舎の表口の方へ消えていった。残されたおれたちは、部室から数歩出たところで、呆けたように立ち尽くす。

「やっぱりあいつ、変なやつだな」

困惑の滲んだ口調で堂前がぼやく。

「昔からああなんだよ、速水は」とおれは肩を竦めた。

5

教室に戻っても、速水の姿はなかった。

弁当箱の放置された机を見つめ、彼の行方を案じる。残り二十分の昼休みの間、おれたちから逃げ果せようとしているだけなのか。

もしくは、犯人のもとに向かったのか。

おれは中学のときの事件を思い出していた。速水は、みんなの前で鈴木の罪を暴いたことを後悔し、その後の彼女の変調に責任を感じていた。ならば今回は同じ失敗を繰り返さないように、犯人と二人だけで話そうとしているのではないか。

やはりおれには、速水の配慮が過剰に思えた。犯人が見つかったところで、おれたちがそいつを袋叩きにするわけではないのだ。多少のお咎めは受けるかもしれないが、いずれ笑い話にできるだろう。

そのとき、速水の机にかけられた鞄から覗く、一冊の本が目に入った。背表紙に「ＨＳＰ」という見慣れないアルファベット三文字の並ぶ新書だ。おれは速水が帰ってこないことと堂前が自席に戻ったことを確かめてから、心の中で謝りつつ手を伸ばした。

ＨＳＰとは、ハイリー・センシティブ・パーソン、つまり「非常に繊細な人」を指す言葉らしい。ＨＳＰは病気ではなく、人口の二十パーセント程度が生まれつき持つ「気質」だそうで、その新書にはＨＳＰの特性や生きづらさ、活かし方が綴られていた。

ＨＳＰには四つの特性があるという。第一に、深く物事を考える能力に長けていること。第二に、大きな音や人の何気ない言葉といった刺激に圧倒されやすいこと。第三に、他人の気持ちに流されやすく、共感しやすいこと。第四に、五感が鋭く、些細な音や光、匂いが気になってしまうこと。

おれはそこまで目を通し、勝手に読んでしまったことを後悔しながら本を閉じた。

それらは例外なく、速水士郎の特徴と合致していた。

速水はわずかな刺激にすぐ驚いて疲れてしまうし、いつも人の反応を窺い、気を遣っている。一方で、豊かな想像力と思考力を駆使して情報を処理することに関しては突出していて、細かな事柄にもよく気がつく。

速水が敏感すぎるとは前々から思っていた。しかし、いざＨＳＰという専門用語めいた呼称や、速水がそれを自覚していた事実を知ると、彼との間に見えない線を引かれてしまったような心地がした。彼の個性をどこか面白がっていたことへの申し訳なさが疼き、けれどそれはだんだんと、別の感情へと置き換わっていく。

——何だよ、それ。

速水は何も説明せずに逃げた。それは、おれが信用されていなかったからだ。気にしすぎだ、といつもおれが一蹴してしまうからだ。

でも、ＨＳＰが生来のものだというのなら、おれが残りの八十パーセントに属するのだって生まれつきだ。速水の感受する世界は、おれのそれとは元々違うのだろう。だったら、ちゃんと伝わるように話してほしかった。

だけど速水は、おれを納得させることを放棄したのだ。おれは速水を理解したいと、ずっと願っていたのに。

もどかしくてたまらない。すぐにでも速水を捕まえて、話したくなる。

——あいつは今、どこにいる？

それを突き止めるには、速水の導き出した答えに、おれも自力で辿り着かなければならない。

脳裏を過ぎるのは、先ほどの部室でのやりとりだ。速水は明らかに、犯人の残した制汗剤の香りを気にしていた。加えて、彼が最後に口走った「切れた蔦」と「金槌の音」。昨日、二階の非常口近くを這っていた蔦は、おれがゆっくり扉を開けただけで切れてしまった。つまりあの扉は長らく閉じたままだった——犯人はあの扉を使っていないのだ。とすると、犯人は非常階段で他の階に移ってから校舎に入ったことになる。

続けておれは、昨日の昼休みの出来事を思い返してみた。チャイムが鳴る間際、速水は「変な音」がすると言っていた。とんとんとん、と金槌を叩く音。そう速水が形容したあれはもしや、犯人が鉄製の非常階段を昇降するときの音だったのではないか。速水はあの音に、犯人に結びつく手がかりを見出したのだ。

理解することを放棄していたのはおれの方かもしれない。今までこうも真剣に、速水の考えることに思いを巡らしたことはなかった。彼の気質や能力に身勝手な関心を寄せながら、どこかで「結局あいつのことは理解できない」と諦め半分の線引きをしていたのだ。

もう少しだ、とおれは頭を捻る。

想像しろ。速水は何を嗅ぎ、何を聞き、何を考えたのか。

6

バーベルを持つ手に力がこもる。

深く息を吐き出して八十キロの錘(おもり)を押し上げると、大胸筋にぴりぴりと心地のよい痛みが走り、思考が鈍(にぶ)る。あと四回、と念じて胸元のポジションに戻す。

トレーニングは好きだ。余計なことを考える必要がないし、成果が目に見えるから。

「——守田くんですか?」

突然名前を呼ばれ、危うくバーベルを取り落としそうになる。首を捻ると、ぼくの横たわるベンチの傍(かたわら)に、小柄な男子生徒が立っていた。長い前髪に、忙(せわ)しなく泳ぐ視線。見慣れない顔だった。

「そうだけど。どちらさま?」

ぼくはベンチプレスを止め、上体を起こす。昼休みのトレーニングルームには、他に誰もいない。

「えっと、あの、速水っていいます。一年五組、帰宅部の……友達の一ノ瀬くんがサッカー部で……」

しどろもどろに自己紹介をするそいつは、線の細さを見る限り、トレーニング用具を使いに来たわけではなさそうだった。

「それで、何の用だ？」

「その、昨日の、サッカー部の部室から用具が盗まれた事件について色々話を聞いて、思ったことがあって。もし違ったら申し訳ないんですけれど」

速水は回りくどく前置きをしてから、言いづらそうに口にする。

「……その、犯人は守田くんなんじゃないかなって」

汗を拭こうとタオルへ伸ばした手が、ぴたりと止まった。

「何を言っているんだ？」

ぼくは平静を装って聞き返す。自然と立ち上がっていた。

「犯人は、サッカー部の一年生の中にいると思うんです」

速水はそう切り出して、なぜその結論に至ったかを説明した。窓とボールバッグの大きさの齟齬、キーボックスの暗証番号――。

「なるほどな。それで、どうしてぼくが犯人なんだ？」

「一つには、匂いです。昨日の放課後、部室には甘い制汗剤の匂いが残っていたんです。一方で、同じ日の朝に部室で香水をつけた人の匂いはもう残っていませんでした。つまり、この制汗剤の匂いはかなり新しい。朝以降部室に侵入した人物によるものだと考えられます。犯人は、制服に染み付いた部室の悪臭をクラスメイトに嗅ぎ取られることを嫌って、匂いを上書きするために部室内で制汗剤を使用したんでしょう。

ところで、サッカー部員には最近、二種類の制汗剤が配られたんですよね。あのときぼくが嗅いだのは、間違いなくシトラスの香りでした。したがって犯人は、シトラスの方を受け取った八人の中にいることになります」

速水はその八人の名前——三戸、伊藤、井戸田、長崎、塩見、篠宮、友野、守田——をすらすらと挙げた。

「次に注目したのは、犯人が校舎と部室を往復した経路です。表玄関の守衛さんからの目撃情報がなかった以上、犯人は非常口を使ったはずです。ただ、二階の非常扉には蔦が張り付いており、直近に開かれた形跡はありませんでした。となると、犯人は外付けの非常階段を利用し、自分の教室がある階の非常口まで移動したのだと考えられます。ちょうど昨日の昼休みの終了間際に、とんとんとん、というリズミカルな金属音が遠くで鳴るのをぼくは聞きました。あれは、犯行後の犯人が鉄製の非常階段を使ったときの音だと推定できます」

啞然としているぼくに構わず、速水は「犯人が部室に向かうときの移動音が聞こえなかったのは、ぼくがイヤホンのノイズキャンセリング機能を使っていたからでしょう」と補足した。想像もしていなかった角度から突きつけられる指摘の数々に、頭が追いつかない。

「あのとき三階の教室にいたぼくが聞いたのは、近づいてから遠ざかる足音でした。つまり犯人は非常階段を二階から四階まで駆け上がったのです。よってその人物は、四階に教室がある七組もしくは八組の生徒ということになります。残った八人の中で該当者は、守田くんしかいません」

速水はそこまで話してから、ぼくの顔色を窺った。たまらずぼくは反論する。

「……匂いと音！　そんなの何の証拠にもならないじゃないか。全部、君の感覚に過ぎないんだろ」

「はい……その通りです。ぼくは決して、あなたが犯人だと証明したいわけじゃないんです。まだこのことは誰にも伝えていません。ただ、守田くんと話がしたくて」

「何を話すことがあるんだ」

「守田くんは、どうしてこんなことをしたんですか？」

速水はもう、ぼくが犯人だと確信しているようだった。何も答えずにいると、速水は語を継ぐ。

「一ノ瀬くんは練習の中止が犯人の目的だと推測していましたが、それは違うのではないでしょうか。盗まれたものの中にあったジャグは、あくまで遠征時に携行するものだと聞いています。練習の妨害が目的なら、マーカーコーンや残りのボールバッグなど、他にもっと盗み去るべきものがあったはずです」

速水はぼくの内心を推し量るような目で見上げてくる。気味が悪い。

「何が言いたいんだ！」

「あ、いや、ぼくはただ、守田くんを助けたくて……」

ぼくの怒気を孕(はら)んだ声に怖気(おじけ)付いたのか、速水は首を竦めた。そのいかにも腑抜(ふぬ)けた仕草に、なお苛立ちを搔き立てられる。なぜこんなひ弱なやつに追い詰められなければならないんだ。こいつは一体、何をしに来た。

「助ける？　余計なお世話だ！　証拠もないのにいい気になるなよ。誰が君みたいな」

弱々しい偽善者に助けを求めるか――。

そう続けようとしたぼくの肩が、後ろから誰かに摑まれる。

「それくらいにしておけよ」

聞き覚えのある声に振り返ると、同じサッカー部の一ノ瀬仁が穏やかな笑みを浮かべて立っていた。

7

額の血管を浮き立たせている守田を目の当たりにして、やはり彼が犯人だったのだと確信した。

速水は怯えた様子でおれと守田を交互に見やっている。

「そいつは繊細なんだ。言葉には気をつけてくれよ」

おれに宥められた守田は、不満げに歯嚙みした。

「一ノ瀬まで、何しに来たんだよ」

「守田、おまえが部室を荒らしたんだな」

断定的な口調で確認する。守田は数瞬躊躇ってから、観念したように頷いた。

「……ああ、ぼくがやった」

「どうしてそんなことをしたのか、おれたちに教えてくれないか?」

守田はベンチに腰掛けて俯いていた。おれと速水は、彼が話してくれるのを無言で待つ。

「……ビブスを、電車に置き忘れた」やがて、守田は訥々と語り始めた。「昨日の登校中、網棚にビブスを置いたまま、電車を乗り換えてしまったんだ。忘れ物センターに届くのは夕方になる。部活の開始までにビブスを取り戻すことは不可能だった。ぼくは……そのことを言い出せなかった」

ペーペーの一年生が練習で使うビブスを忘れたと明かすのには勇気がいるだろう。それは理解できる。

「だからぼくは、誤魔化す方法を必死に探して、思いついたんだ。部室に誰かが侵入し用具を盗んだことにしてしまえば、ビブスがないことへの説明はつく。カモフラージュとしてジャグやボールバッグも奪っておけば、ぼくだけが疑われることはないって」

「……なんだそれ」

おれは愕然とする。言われてみれば、なくなっていたのはすべて、その日の朝部室に持ち込まれた備品だ。動機に目星をつけられても犯人を限定されないようにしたかったからこそ、ターゲットになったのはマーカーコーンではなくジャグであり、ボールバッグは三個入りではなく四個入りだったのだ。四個入りボールバッグの方が、担当する人数が多く、疑いをより分散させられるから。

中学生のときの事件の構図のまるっきり裏返しだった。鈴木はそこにあってはいけないものがあるのを隠すために余計なものを付け加えた。他方、守田はそこにあるべきものがないのを隠すために、余計なものまで取り去ったのだ。

「ジャグとボールバッグは草むらの奥に投げ捨てておいた。昨日の夜ビブスを回収して、今朝一番にビブスを追加で投げ込んでおいたんだ。

今となっては、どうしてこんなことをしてしまったのか自分でもわからない。でも、公式戦前で殺気立つ先輩たちの険しい顔つきや、顧問からの評価が下がることを想像したら、どうしても正直には打ち明けられなかったんだ……」

守田は瞳に後悔を滲ませ、伏し目になる。

同じ部活に所属していても、彼の考えには共感できなかった。たかが先輩や顧問に怒られるのを避けるためにどうしてそこまで、と感じてしまう。

気にしすぎだろ。

そう言葉にしようとして、すんでのところで飲み込んだ。

守田がそのように重く受け止めたこと自体は確かなのだ。おれだったら、「謝ればいいか」で片付けられる状況かもしれない。でも、部活はこの閉ざされた世界での最大の関心事で、世間知らずなおれたちの視野は、ときどき驚くほど狭くなる。

そんな環境でならなおのこと、ある人はさらりと受け流せるようなことを、別の人は深刻に捉えて思い詰めてしまうこともあるだろう。ＨＳＰは二十パーセント——五人に一人だと、速水の持っていた本に書いてあった。決して少なくはない数字だ。

ならば、おれがかけるべき言葉は他にある。

「どんな人にだってミスはあるんだ。もし次にそういうことがあったら、まずはおれたちに相談してくれよな」

守田と速水は揃って、意外そうな顔を向けてきた。そんなに似合わない台詞だっただろうか。

おれはばつが悪くなって視線を逸(そ)らす。

「ぼくがやったってことは、みんなに言うのか……？」

「ぼくたちから他の人に伝える気はありません」先に速水が答えた。「ぼくは、守田くんの行為を暴き立てたくてここにきたわけじゃありません。ただ、過ちを咎(とが)められないまま切り抜けた経験を持つというのは、とても危険なことだと思うんです。だから守田くんは、ぼくらが知っているからではなく、自分の今後のことだけを考えて、みんなに言うかどうか決断してほしいです。あ、ごめんなさい、なんか説教みたいで……」

　速水は申し訳なさそうにぺこぺこ頭を下げた。そうか、と守田は憑(つ)き物が落ちたように、柔らかな表情で目を瞑(つむ)る。

　彼の中ではもう、答えが出ているように見えた。

「ありがとう、一ノ瀬、速水くん。ぼくは君たちに助けられたよ」

　速水は嬉しそうに目を細めた。おれはその横顔を眺め、長らく不毛だとしか思えなかった速水の後悔と苦悩が、たった今実を結んだのだと気づく。本人のためには、一方的に罪を暴くのではなく、自省させないといけない――それはきっと、鈴木の件を〝気にしすぎ〟だった速水だからこそ辿り着けた、一つの真理に違いない。

「どうしてトレーニングルームにいることがわかったの、一ノ瀬くん」

　速水とおれは、教室に急いでいた。五時限目の授業は、あと五分で始まる。

「さっき部室で色々呟いていただろ。それをヒントに速水の思考を辿ってみたんだ。すると、何に注目すべきかが見えてきた」

制汗剤の香りはシトラスとフローラルのどちらだったのか。

昼休み中に聞いたのは、遠ざかる音だったのか、近づく音だったのか、近づいてから遠ざかる音だったのか。

シトラス	フローラル	匂い／音
守田	岸本、柴崎	四階（七組、八組）
篠宮、友野	一ノ瀬、堂前、遠藤、細田	三階（五組、六組）
長崎、塩見	林、東野	二階（三組、四組）
三戸、伊藤、井戸田		一階（一組、二組）

「速水はサッカー部の連中とほぼ面識がない。だから犯人の絞り込みに必要だったのはこの二つの条件だけだと踏んだ」とおれは指を二本立てる。「でも生憎おれは速水と違って鈍感だからな。どんな匂いを嗅いでどんな音を聞いたのか、皆目見当もつかなかった」

「じゃあ、どうやって……？」

「決定的な感覚の違いは、想像と理屈で埋められるんだ」

おれはポケットから先ほど殴り書きしたメモ用紙を取り出した。二つの条件を掛け合わせたとき、サッカー部一年の十六人がどこに当てはまるかをまとめた表だった。

「おれの持つ最大の情報は、**速水が二つの**

条件のみから犯人を一人に特定できたということそのものだ。二つの条件の該当者がたまたま一人しかいなかったからこそ、速水は犯人を突き止められたんだろ？　速水が『〝運よく〟犯人がわかった』と言ったのは、謙遜(けんそん)ではなく字義通りの意味だったわけだ。よって犯人は、この表の中で一人しかいないマスの中にいることになる。そんなやつは、守田以外にいなかった」

「なるほどね」

速水は珍しく、一本取られたとばかりに微笑(ほほえ)んだ。

「にしても、おれをほっぽり出して犯人の元へ行くなんてひどくないか？　おれだって少しは空気を読めるんだぜ？」

「あ、ご、ごめん！　それはほんと……申し訳ない……」

おれのわざとらしい糾弾(きゅうだん)にも、速水は大袈裟な身振りで謝罪を重ねる。

「そんな謝ることはないって」彼を揶揄(からか)うのはこれくらいにして、おれは神妙な面持ちを作った。

「ついでにもう一つ覚えておいてくれ。友達関係っていうのは、速水が思うほど繊細なものじゃないんだ。おれも速水の感覚を理解できるようにがんばるから、速水もおれのことを少しは信頼してくれよな」

速水はぴたりと足を止めた。感極まったように目を瞬(しばたた)かせ、口を開きかけて――。

廊下に響き渡ったチャイムの音に、ぎょっとして跳び上がった。

やっぱり速水士郎は、敏感すぎる。誰よりも敏感で心優しい、名探偵だ。

おれは彼が落ち着くまで待ってから、「急ぐぞ！」と駆け出した。

ルナティック・レトリーバー

1

「その手にはこれがあるが大丈夫か？」

口元に笑みを湛えた新山望が駒音を高く響かせたのと、王手飛車取りに気がついたぼくが頭を抱え込んだのと、勢い余ってテーブルに激突した大橋瑠奈が将棋盤を丸ごとひっくり返したのは、すべて数秒以内の出来事だった。

「ちょっとキミら、ウチのレポート知らない？」

耳が痛くなるくらいの甲高い声とともに、大橋さんはぼくらに縋るような目を向けた。いつもはカーリーに整えられた金髪が今日は乱れきっていて、付けまつ毛にふちどられた大きな瞳には、明らかな焦燥の色が浮かんでいる。

「知らない。びっくりさせないでくれよ」と望は呆れ顔で床に散らばった駒を拾い集めている。

「またなくしたのか？」

「今回のは手書き指定だからマジでやばいんだって！　留年がかかってるやつだし！　昨日食堂に置き忘れたんだか、大学で落としたんだかわかんないんだけど」

「少なくとも、この辺には落ちていなかったよ」

ぼく、野口圭介は寮のこぢんまりとした食堂を見渡す。十時を過ぎたこの時間まで残っている学生はほとんどいないが、奥の席ではあの吉田陽香が一人遅めの朝食をとっていた。同じ寮に住む彼女だけれど、ぼくらの前に姿を見せるのは珍しい。深い黒色のセーターに身を包み、一定のペースで黙々とサラダを口に運ぶ彼女の端整な横顔からは、いつものごとく近寄りがたいオーラが放たれている。

「ちょっと吉田さーん！　ウチのレポート知らなーい？」

大橋さんは恐れ知らずにも彼女の方へ駆けていく。途中でぼくらに向き直り、思い出したように「あ、対局ぶち壊しちゃってごめんね！」と舌を出す。

寮の顔合わせで大橋瑠奈と初めて会ったときの印象は「うるさい人」で、それは三年近く経った今だって微塵も変わっていない。彼女の台詞には常に感嘆符が付いているみたいで、屈託のない派手な笑い声は遠く離れていてもそれとわかる。おまけに、ブレーキが効かないくせにやたらめったら走り回るのだから厄介だった。初めは面倒な人と同じ寮になったものだと溜め息をつき、何でこんな人が同じ帝都大学の学生なのかと訝しみさえしたのだが、慣れというのは恐ろしいものだ。今となっては、所構わず大騒ぎし周囲のものを蹴散らす彼女を疎む人なんて、この寮にはいなくなってしまった。

そんなことを考えていると、ガッシャーンと再びけたたましい音がしたので振り返った。大橋さんが吉田さんの席に衝突し、彼女の啜っていたコーヒーがカップごと床にぶちまけられたのだ。

「あ、やば、ごめん！」流石の大橋さんもぶんぶんと頭を下げている。「すぐ拭くから」

「いいわ」と吉田さんは背筋の凍るような冷ややかな声で応じた。「わたしがやるから、あなたはどこかへ行って。不愉快。近寄らないで」

前言を撤回しなければならない。大橋さんの粗相を大目に見ない、唯一の例外が吉田陽香だった。吉田さんは以前も、廊下ではしゃぐ大橋さんを「うるさいから黙ってちょうだい」と容赦なく切り捨てていた。もっとも彼女は大橋さんに対してのみ厳しいというわけでは全くなく、誰に対しても態度を変えないという点では実に公平だった。「氷の女」「サイコパス」等、彼女を形容する言葉は数多いが、当然本人の前で口にする者はいない。

そんな吉田さんが周りから一目置かれているのは、何を隠そう、彼女がプロの小説家だからである。弱冠二十歳にして純文学の新人賞を獲ってデビューし、この二年間で既に数点の小説を上梓している。流麗かつ重厚な筆致とシニカルな視点が評価を集めて文壇での地位を確立しつつある彼女が、この大学寮を出ていくのも時間の問題だろう。

「ほんとごめん！」と手刀を切りながら退散する大橋さんを、ぼくらは肝を冷やしつつ見送った。幸い吉田さんは、興味を失ったように視線を戻し、台布巾に手を伸ばした。

大橋さんの去った食堂は、台風一過のような静謐に包まれる。ぱちりぱちりと、望が将棋盤に駒を並べ直す音が、耳に心地好い。

「もう、ぼくの負けでいいよ」と彼を制止する。「あの局面はすでに形勢が相当悪かったでしょ？今回もお手上げだよ」

「……そうか？　まだ逆転の目はあったけどな」

望はすべてを見透かしているかのような物言いで小首を傾げる。今日は桂香落ちで指してもらったが、これでぼくの十連敗である。幼少期から将棋に馴れ親しみいくらか腕に自信がある程度のぼくでは、どれだけハンデをつけてもらったところで敵わないのも当然だった。望は奨励会の三段リーグ在籍者、つまりプロ棋士の一つ前の段位を有する強豪なのだ。本来ならば、手合わせしてもらうだけでも畏れ多いくらい格の違いがある。

「うっかりが多すぎるんだよね……さっきの王手飛車取りも、全然気づかなかった」

「まあ、焦ったらおれだってそういう見落としをしてしまうこともあるから仕方ないさ」ぼくのぼやきに、望は表情を緩める。「この間なんて、三段リーグの大事な対局で簡単な一手詰めを見逃したくらいだ。とんでもない失態だぜ、これは」

「一手詰め？」

「ああ、秒読みの最中、穴熊に囲いかけた王を誘い出すような指し手が来たから、反射的に同角と取って穴熊を完成させ、王を安全にしたつもりだった。でもそのせいで次の桂馬成らずの王手に対する王の逃げ場が塞がって、単純な詰みが生じていたんだよ。頓死ってやつだ。どっちみち苦しい局面だったとはいえ、あんな滑稽で初歩的な詰まされ方は初めてだった」

　なんとなく盤面を理解してから、相当悔しかったであろう望の口調が殊の外軽やかなのを不思議に思った。次いで頭を過ったのは、近頃ぼく自身にも差し迫っていた一つの設問だった。

「望は、進路どうするの？」

　今は大学三年の冬。将来を決める大事な選択が、ぼくらのすぐ喉元に突きつけられている。

　化学系の学科に在籍する望は学業も極めて優秀で、プロ棋士になることへの拘りはそこまで強くないようにも見受けられた。だが、日々厳しい世界で戦い続けてきた彼の腹の底には、ぼくなどでは到底想像が及ばない。

「ああ、そろそろ考えないとだよな」望はけろりとして答える。「メーカーの研究職がいいかなと思っている。実は、多少コネもあるんだ」

「そうか。確かに得意そう。でも……将棋はどうするの？」

「プロは甘い世界ではないからな。なるまでも、なってからも」彼の口ぶりはひどく淡々としている。「大体、今はソフトを駆使して研究漬けにならないと勝てない時代だ。中途半端な気持ちでは到底務まらない」

「将棋ＡＩってやつね。やっぱりもう、人間より強いの？」

「とっくにな。比べる意味のないくらいＡＩの圧勝さ。ソフトと人間じゃ考え方が全然違うんだよ。人間はほら、どの駒をどう使って攻めるかの構想を練って指し手を決めるだろう？　ところがＡＩは将棋を単なる数理ゲームとしか捉えていないわけだから、手の流れなんてまるで気にしちゃいない。一手ごとにリセットして、その時点で最善と評価する手を毎度選ぶってことだ。作り上げた流れを生かそうという人間的な邪念がなくて、自分の前の手を否定するような最善手を平気で選択することができる。それがきっとＡＩの強さだし、そういう大局観を持てるのが現代の強い棋士なんだろうけれど、おれはやっぱり一昔前の、人間同士の泥臭い対局が好きだったな……」

遠い目をする望に、ぼくは曖昧（あいまい）な相槌（あいづち）を打つことしかできない。時代の変化に伴う競技性の変容とともに、将棋への興味が薄れてきたということだろうか。

「――それで、圭介はどうするんだ？」

続いてぼくにも水を向けられるのは自然な流れだったけれど、その質問に思わず体がきゅっと強張った。ぼくは、どうするか。

「大学院には行かずに就職するつもりだよ。分野としては、建築系かな。資格の勉強もそろそろ始めないとなって思っている」

「圭介は建築学科だもんな」望は納得したように頷く。「やっぱり、昔から建築士になりたかったのか？」

「……いや、成り行きだね。理系科目が得意だったし、絵を描くのが好きだから、図面を引くのは向いてるんじゃないかって」

「なるほどな。まあ、別にきっかけは些細なことでも構わないんじゃないか？」

「うん、そうだよね。お互い上手くいくといいけど……」

ややしんみりとした空気を誤魔化すように、ぼくは「もう一局する？」と誘ったが、望は「そろそろ課題をやらないといけない」とひらひら手を振った。

「それに、今日の午後はあれがあるだろう？」

指摘されて、ぼくは本日の特別な予定を思い出した。望ら寮の友人と、近くの公園まで出掛けることになっているのだ。他でもなく、世紀の天体ショーを目に焼き付けるために。

「そうか。今日だったね、部分日食は」

将棋盤を片付けたぼくらは、階段を上ってそれぞれの部屋に戻る。今時珍しい男女共同のこの大学寮は、一階が女子部屋、二階が男子部屋となっている。

日食が最大になるのは午後二時頃で、まだいくらか時間の余裕がある。スマホで動画をぼんやりと眺めるものの、いまひとつ身が入らず、またその原因も自分でわかっていた。

脳内に占める「就活」の二文字の比重が、日に日に肥大している。

先ほど望に対しては滑らかに答えたつもりだったけれど、正直なところ、まだ自分の進路に少なからず迷いがあった。建築関係の仕事は大学で学んだことを活かせるという点では申し分ないが、ぼくの一生に影響を及ぼす選択をそれほど安易に済ませてしまっていいのか、とも思う。

ひいては、自分が本当になりたい職業は一体何なのだろうか、と。

引き出しに仕舞ってあった「自己分析シート」なるものを机に広げてみる。自分を形成したエピソード、熱中したこと、印象深い思い出——引っ張り出した記憶の断片が、モザイクアートのように雑然と敷き詰められている。それを今一度眺め、そこはかとない空虚感に見舞われると同時に、やはり打ち消すことのできない、自分の根底にある思いを再確認する。

絵を描くのが好きだ。

小学生の頃から、落書きを始めると止まらなかった。中学に入ると、誰に見せるわけでもない漫画を、毎日のように描くようになった。高校以降は頻度こそ減ったものの、暇を見つけてはイラストや風景画、独りよがりな漫画を描き続けた。思えば、つらいことがあったときはいつも、自分の創り出す漫画の世界に夢中になることで救われていた。それは一種の逃避行動でもあったけれど、そのことまで引っくるめて、ぼくが人生を通じ真に情熱と時間を費やして取り組んできた唯一の行為は「絵を描くこと」だった。

それに対し、建築分野は大学に入ってからなし崩し的に選んだものだ。その道に進もうというモチベーションの裏には、地位や収入の安定という打算もある。建築会社で働く自分を想像しても、新しい絵を描き始めるときの高揚には遠く及ばない。

要するに、自分は漫画家やイラストレーターを目指すべきではないのか——到達しかけた馬鹿げた結論を、ぼくは慌てて否定する。そんなもの、なろうと思ってなれる職業ではない。自分に才能があるかもわからないし、第一、仕事として継続的に描き続けるだけの熱意があるかすら定かではないのだ。

結局は、ただのないものねだりなのである。みんな、どこかで折り合いをつけている。望だってきっと、ぼくよりも遙かな高みで見切りをつけたのだ——そう頭では理解していても、自分の進むべき道への迷いが薄らぐことはない。

あと少しで自分の未来が決定づけられるということが、こんなにも怖くて苦しいだなんて、想像もしなかった。ぼくは半ば（なか）思考を放棄するようにベッドに倒れ込み、スマホで再生する音楽を耳に流し込む。聞き慣れたメロディが、ぼくを快（こころよ）い微睡（まどろ）みへと誘う。

「おーい、圭介！　そろそろ出発するぞ！」

扉を叩く音に飛び起き、はたと時計を見る。一時を回っていた。廊下に出ると、隣室の同級生、平野（ひらの）結斗（ゆいと）が立っている。逞（たくま）しい体つきがすらりとした長身によく映える、見るからに体育会系という風体（ふうてい）の彼は、実際大学ではアメフト部に所属していた。

課題を進めたいからもうちょっと待ってくれとごねる望も加え、ぼくら三人は連れ立って一階に下りる。食堂でカップラーメンをかきこむ大橋さんにも昨日から声をかけていたが、「レポート書き直すの本気でヤバイからパスで！」と断られた。

寮を出る前に、物置にレジャーシートを取りに行くことにする。白昼の天体観測がてら、公園でピクニックをしようという話になっていた。

物置は、寮の外れに位置する懇談室内にある。滅多に訪れない懇談室の戸を開くと、やはり人の姿はなかった。電灯の消えた室内は薄暗く、芳香剤だろうか、うっすらと漂う果実的な匂いが鼻腔（びこう）を擽（くすぐ）った。

部屋の中ほどにあるのが、物置代わりに使われている小部屋である。管理人の趣味らしい工具やらイベント用テントやらが雑然と詰め込まれており、寮生は自由に持ち出すことを許可されていた。

「あれ？」物置の扉のレバーハンドルに手をかけた結斗が怪訝（けげん）そうに呟（つぶや）いた。「開かない」

「え、鍵なんてついてないよね」

レバーは下がるが、押しても何かがつっかえているようで扉が動かないようだ。

「反対側の扉から開けよう」

望の提案で、ぼくら三人は物置の壁伝いに奥へ回りこんだ。なかなか変梃（へんてこ）な構造だが、この物置には出入り口が二つある。かつて喫煙所があったのを改修した名残（なごり）らしい。

「ダメだ、こっちも開かないよ」

裏の扉は外開きだったが、同じようにレバーが下がるだけで、引いても開きはしなかった。妙だ。灯りは漏れておらず、中に人がいる気配もない。

「早くしないと日食を見逃すぞ。レジャーシートは諦めよう」

結斗は釈然としない様子でそう言った。ぼくらは首を捻りながらも、懇談室を後にするよりほかなかった。

2

寮の近くの公園には見晴らしのいい丘がある。ぼくらが到着した頃にはもう、近隣の住民が期待に顔を輝かせて集まっていた。見知った寮生も何人か目に留まる。

今朝の情報番組でアナウンサーが「絶好の条件で日食を観測できる数十年に一度のチャンスです」としきりに煽っていた通り、天気は雲一つない快晴だった。遮光板をかざす結斗は「もう欠けてきてるぞ！」と歓声を上げる。隣の望はスナック菓子をつまんでいた。

「食の最大まであと三十分くらいか」

「そうだね」とぼくは頷く。「そうだ、結斗。あの話の続きないの？　君の弟が吉田さんにこっぴどく振られたってやつ。実はぼくら、今朝食堂で吉田さんを見かけたんだ」

「別に何の進展もねえよ。弟はまだ随分と落ち込んでいるみたいだけど」

結斗は遮光板を外して苦笑する。結斗の弟と吉田さんの恋愛模様は、最近のぼくたちの専らの話題だった。結斗の紹介で知り合った二人は親しい仲になったのだが、数日間付き合っただけで吉田さんから冷たく別れを告げられたらしい。そのあまりの非情さに、結斗の弟はひどく傷ついているという話だった。

「やっぱとんでもないサイコパスだよ、あいつは」吐き捨てるように結斗は続ける。「有名人だかなんだか知らないけれど、調子に乗りすぎだぜ。弟を紹介するんじゃなかった」

「そもそも、何で紹介したんだっけ？」

「食堂でたまたま喋ってたときに——というか、おれが一方的に話しかけてたんだけど——野球の話題になって、弟は高校までプロを目指せるくらい野球が上手かったのに、肘の大怪我で泣く泣く断念したって話をしたんだ。そしたら、どんな人か興味があるって向こうが言い出してさ」

「大方、小説の題材にでもなると踏んだんだろ」と望は冷静に指摘する。

「そうみたいだな。人を何だと思ってるんだろう。あんなに塞ぎ込んでる弟を見るのは、選手生命が絶たれたとき以来だ。マジで許せねえ」

そんな話をしているうちに、食が最大となる時刻に近づいた。道行く人も皆一様に足を止め、手庇をして南西の空を仰いでいる。辺りの明るさはほとんど変わらないが、遮光板越しに見る太陽は、漫画で描かれる三日月みたいに大きく欠けていた。

「いつ太陽と月が重なるかが何年も前から分単位でわかっているなんて、改めて考えるとすごいことだよね」

誰にともなく呟くと、望は神妙に頷いた。

「ああ、こんなにも計算通りに動いてくれるのは天体くらいだろうな」

太陽の形は刻々と変化していく。不思議な感動に胸打たれるのは、規格外のスケールで演じられる天体ショーの神秘性のためか、それとも何十年に一度しか起きないというこの自然現象の稀有さゆえか。

次にこれだけの日食を観測できるとき、ぼくは何をしているだろう。後悔のない人生を過ごせているだろうかと、思いを馳せる。


三時過ぎに寮へ帰り、部屋の前まで来たところで、結斗が「あ」と声を漏らした。

「結局、物置は何で開かなかったんだろ。内開きの扉が開かないのは中の備品につっかえてるってことでまだわかるんだ。でも、外開きの方まで開かないのはおかしくねえか？」

「確かに……」

あのときは深く考えなかったが、結斗の言う通りだ。何か人為的な工作をしない限り、鍵の付いていない外開きの扉が開かなくなるという事態は起きそうにない。

「もう一回見に行こうぜ」

望はもう自室に戻っていたので、ぼくと結斗は二人で再び懇談室内の物置へと向かった。まずは手前側にある内開きの扉のレバーハンドルを握った結斗は、すぐさま首を左右に振る。

「やっぱりだ。開かない」

ぼくも試してみるが、出発前と状況は変わっていなかった。続いて回り込んで奥の外開きの扉を開けようと試みるが、こちらも同じ。レバーは押し下げられるのに、力を込めても、扉は固定されているみたいに動かない。

「もしかして、誰かのいたずらかもね」

「そうか、じゃあアメフト部の腕の見せどころだな」

果たし状を突きつけられたように好戦的な笑みを浮かべた結斗は、腕まくりをし、骨張った右手でレバーを握りしめる。ん、と低い唸り声を上げてそれを引くと、めりめりと音がして、扉がわずかに動いた。

「テープで止められてんのか?」

結斗は独り言ち、腕の血管をさらに浮き立たせた。扉の内側から、大量のテープが剝がれる音が轟く。

「おりゃあ!」

レバーが取れてしまうのではないかとひやひやするぼくに構わず結斗が馬鹿力を出すと、ついに扉の封印が解かれ、物置の中が露わになる。ドア枠の四方には内側から粘着テープが貼り付けられていた。確か、物置には粘着テープも保管されていたはずだ。

「おい、中、どうなってる」

反動でよろける結斗を支えつつ、ぼくは中に一歩踏み込む。まず、正面に見える扉も内側から隙間なく粘着テープで目張りされているのがわかった。そのまま視線を下方に移動させる。

人が倒れていた。

壁沿いに置かれたテント袋のすぐそば、柔らかな絨毯の上。仰向けの姿勢で目を見開いているのは――。

「……よ、吉田さんが」

その先が続かなかったのは、ぼくが吉田さんの姿に見惚れてしまったから、なのかもしれない。純白のワンピースに乱れた長い黒髪、そしてピクリとも動かない顔を天窓から差し込む陽光が照らしている。耽美主義の美術作品を切り取ったようなその背徳的な光景には、どこか悪魔的な引力があった。

「おいおい、嘘だろ……死んでるのか」

結斗の震え声に、妙な衝迫に囚われそうになっていたぼくはかろうじて我を取り戻す。

彼女が息をしていないのは、誰の目にも明らかだった。

ぼくは屈み込み、一縷の望みをかけて脈をとるが、彼女が既に事切れているということを確かめただけだった。

そのまま周囲に目を向ける。傍にある、組み立て式テントを収納する袋の口から、二本の金属製のパイプが彼女の方へ飛び出していた。それぞれの先端から伸びる接続用のロープのうち、一本は彼女の胸辺りで体の下敷きになり、一本は腰の上に被さっている。彼女が倒れた拍子に巻き込んだのか。

さらに右の方を見やり、物置の隅っこ、椅子の真下にぽつねんと置かれた七輪が目に留まった。灰色になった炭の燃えかすが網越しに覗いている。最近、誰かが使ったのだろうか——と、そこまで考えたところで、脳をある漢字四文字が駆け抜け、素早く立ち上がった。

「おい、まずい！　早くここから出ないと！」

考えるよりも先に、結斗に怒鳴り声をぶつけ、ぼくは出口へと急ぐ。

「どういうことだよ？」

廊下まで出たところで、戸惑い顔の結斗が追いついた。ぼくは弾む息を整え、廊下の空気を味わうように大きく吸う。

「目張りされていた二つの扉、外傷なく倒れていた吉田さん、使用済みの七輪——これだけ条件が揃えば、考えられることは一つしかない。吉田さんはおそらく、練炭自殺をしたんだ」

3

パトカーのサイレン音はいつも通り他人事のように鳴り響いているが、今回ばかりはぼくらに無関係ではない。それどころか、死んだのは同じ寮に住む吉田陽香であり、ぼくはその第一発見者の一人なのである。しかし改めて脳内で状況を整理してみても、滲み出す非現実感は拭いようがなかった。

　危険を察知して退避したぼくらはすぐに警察を呼び、物置に突入した警官や救急隊員らは間もなく吉田さんの死亡を確認した。発見までの経緯を必死に説明し、事情聴取にあたった警官からいくばくか情報も得た。死因はやはり一酸化炭素中毒と見られ、死亡推定時刻は正午前後らしい。

　つまり、出発前にぼくらが物置を訪ねたとき、彼女はすでに中で息絶えていたということになる。

　正確には、部屋は密室ではなかったらしい。懇談室の辺りは居住スペースとは違って上階がなく、物置からは斜めの高天井についた南向きの窓を通って屋根に出ることができる。その天窓には内ロックが付いているのだが、発見当時ロックはかかっていなかったようだ。したがってそこからの出入りは物理的には可能ということになるが、生憎窓のすぐ正面は人の行き来が多い大通りである。白昼堂々と窓から抜け出した何者かがいるとは考えづらい、というのが警察の見方だった。

聴取から解放されたときにはもう夕食の時間だった。狼狽を未だ隠せない結斗と憔悴しきったぼくが食堂に入ると、大橋さんと望が気遣うような視線を向けてきた。大橋さんの方は、何が起こったかを聞きたいという好奇心を必死に抑えているようにも見受けられたが。

「……吉田さんが、自殺したらしい」

隅の席に固まるように座ってから、ぼくはおもむろに口を開いた。大橋さんは「えっ！」と短く叫び、望は信じられないというふうに目を丸くする。

「場所は懇談室の中の物置。二つの扉を粘着テープで内側から目張りした上で、七輪で練炭を燃やしたみたいなんだ」

「練炭……一酸化炭素中毒か」と望は顎に手をやる。「おれたちが日食を見に行く前にはもう亡くなっていたってことか？」

「ああ、死亡推定時刻からしてもそうらしい。それに、あの時点で既に扉は封鎖されていたしな」

そこで結斗は事情を知らない大橋さんにも、一時過ぎに物置を訪れたときのことを説明した。

「そうだ、望は化学科だよね。危険なガスとかには詳しいの？」

ぼくの問いに、望は「多少」と小さく首肯する。

「一酸化炭素は無味無臭で、空気よりもわずかに軽い気体だ。物体が不完全燃焼を起こすときに発生する――例えば、密閉された狭い部屋で何かを燃やし続けた場合とかな。濃度が高いと頭痛や目眩、手足の痺れを引き起こし、さらに高まると呼吸障害や心機能の低下等で、最悪数分で人を死に至らしめる。臭いがしないだけに不注意による事故も絶えない、要注意な中毒ガスさ」

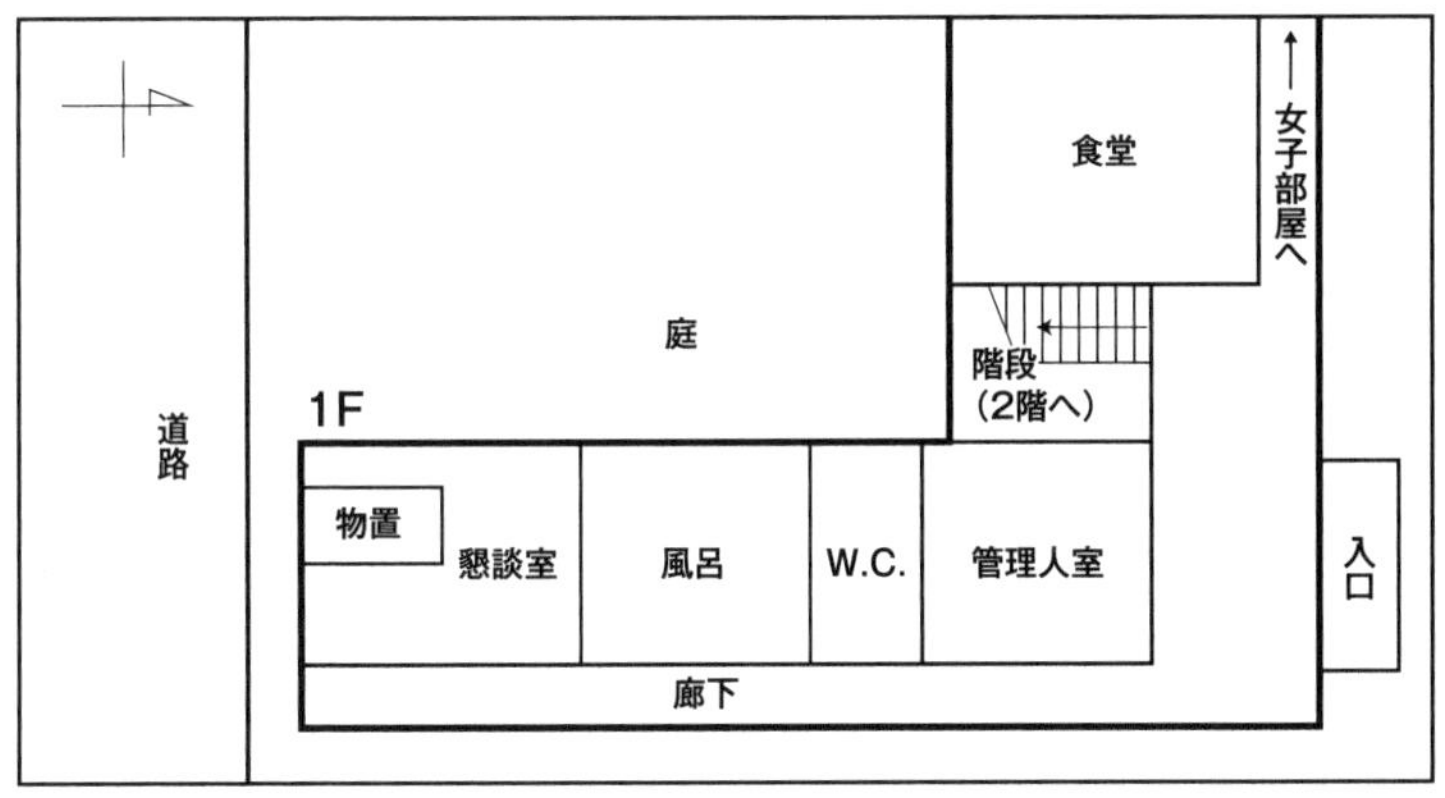
食堂
女子部屋へ
庭
階段
（2階へ）
1F
道路
物置
懇談室
風呂
W.C.
管理人室
入口
廊下

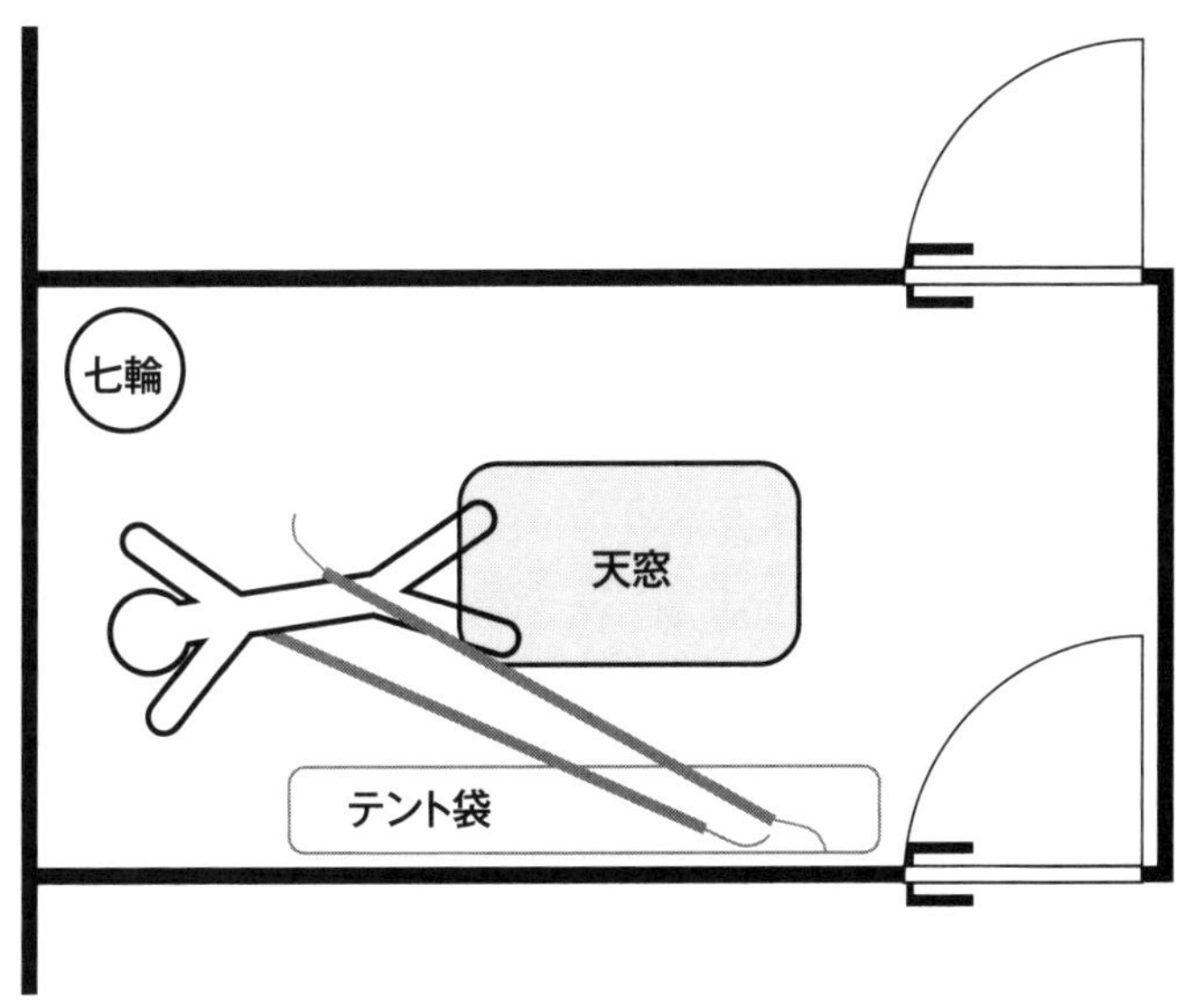
七輪
天窓
テント袋

「じゃあ吉田さんもさ、事故ってことはないの？」

大橋さんが口を挟むが、「扉が目張りされていたんだぞ」と結斗が即座に反論する。

「……しかし、あの吉田さんが自殺をするとは考えづらいのも事実だ」

望は思いを巡らすように目を伏せた。彼の言葉の意味するところは一つだ——誰かが、彼女を自殺に見せかけて殺したのではないか。

「あの気の強さを知っていたら誰もがそう思うけどさ、なにせ現場は実質的に密室だったんだぜ？　天窓はあるが、まずあそこまで登るのも一苦労だ」

結斗の指摘に、ぼくは一つ考えを思いつく。

「もし他殺だとしたら、あのテントを使ったのかもしれない。袋の口が開いて、骨組みのパイプが二本だけ飛び出ていたんだ。ほら、見たことあるでしょ、あの、両端に白いロープが括りつけられた銀色の太くて長い棒だよ。あれを一本か二本壁に向かって立てかけて、継ぎ目の凸凹を足場に登れば、天窓に手を伸ばすための脚立代わりになるんじゃない？　下部は袋の中に入れっぱなしにしておけば固定もされるだろうし」

現場の不自然な点といえば、テント袋の口が開いてパイプが飛び出していたことである。直径が八センチ近くあるあのパイプなら足場としての強度は十分だろうし、実現性は高そうだ。

「窓から顔を出せば、外にいる人からは丸見えだぜ？　人通りが切れたときを見計らおうにも真っ昼間じゃそんなタイミングはないし、路地から誰か飛び出してくる可能性まで考えると到底実行に移せそうにないな」

結斗の異議ももっともだった。屋根から飛び降りる姿なんて不審極まりなく、後から発覚すれば致命的である。警察だって、目撃者の捜索くらいするだろう。リスクが高すぎる。

また、鍵付きの扉であれば、扉と床の隙間から糸を通して外側から施錠するようなことも可能だったかもしれないが、粘着テープの目張りは明らかに内側から貼り付けられたものだった。衆人環視と物理的な封鎖が重なり、現場は人の出入りを許さない密室状態になっていたと考えていい。

するとやはり、吉田さんは自殺したということになるのか。

「あの子に自殺する理由なんてあったの？　ウチにはどうしてもわからないんだけど。人生うまくいってそうだったし」

自殺の動機――そんなものは誰に対しても思いつかないけれど、吉田さんは既に社会的な成功を収めていたし、精神的にも学生離れした芯の強さを備えていた。……いや、どちらも、そう〝見えて〟いただけだが。

「小説家先生には、おれら一般人には理解できない悩みがあったんじゃないか？」

結斗がぼそりと口にする。

「まあ有名になれば当然、彼女の書く小説に批判的な読者も現れるよね。描写にリアリティがなくて軽薄だの、所詮は人生経験の乏しい学生の夢想だの、バッシングする人もいたと思う」

「でもあの子なら『凡人の戯言など取り合うに値しない』なんて一蹴しそうなものじゃん？」

大橋さんの言葉にも一理あって、ぼくらはしばし「吉田陽香はどういう人物だったか」を熟慮せずにはいられなくなった。彼女とは三年近く生活場所を共にしたが、目にする機会は少なく、会話を交わしたことも数えるほどしかない。あるのは、冷淡で高飛車な女性だというイメージと、小説を書いているという事実の認識だけ。彼女の身の上や人間性、偽らざる本心など推し量る由もない。ましてや「自殺をするような人かどうか」なんて、ぼくらにわかるはずもなかった。

「そうだ、結斗。君の弟と別れたことは？　もしかしたら何かぼくらの知らない事情があって、そのことを気に病んでいたのかも」

「なるほど、弟か――あいつはこのことを聞いてどう思うだろうな」結斗は痛ましそうに顔を歪めた。「話を聞く限り、吉田さんは弟を振ったことに罪悪感すら抱いていない様子だった。疑っちまうとすれば、むしろ逆上した弟が彼女に何かしたって可能性の方だ……」

「寮への出入りにはカードキーが必要だし、入り口には防犯カメラもついている。外部の人間の関与はありえないだろうな」と望が冷静に述べる。

「いや、何もおれは、弟が寮に侵入して、吉田さんを、その、殺したとまでは考えてないぜ。例えば、彼女を追い詰めるようなことを言ったとか――でもやっぱ、うちの弟に限ってそれはないわ。あいつは悲しみをひたすら自分の内側に向けるタイプだ。自棄を起こしたり、他人に八つ当たりしたりするようなやつじゃない」

ぼくは望の言葉を受けて、少し違うことを考えていた。この寮はセキュリティが行き届いていて、寮生の出入りは厳重に管理されている。ならば、吉田さんが亡くなった時刻に寮内に誰が残っていたかも、調べればすぐにわかるのではないか。特に今日は外出していた人も多かったから、人数は限られているはずだ。

ぼくがそう伝えると、「それを知ったところでなあ」と結斗は唸った。

「ぼくたちが今朝食堂で吉田さんを見て以降、彼女の足取りは不明だ。何か見聞きした人がいるかもしれないなら、調べてみる価値はあるかもしれないかもしれないよ」

「確かにね！　ウチは部屋に引き籠って（こも）ひたすら失くしたレポートを書き直してたよ。哲学書の読書感想文みたいなやつなんだけど。マジで虚無すぎた」大橋さんは見掛けによらず、哲学科の学生である。「昼ごはんのときは食堂にいたけど、懇談室の反対側だし、何も気づかなかった。ってことで、ウチが持ってる情報はゼロ！」

「おれも、おまえらが呼びに来るまでは部屋でずっと課題に取り組んでいた。吉田さんの姿は見ていないし、特に不審な物音も聞こえなかったな」と望。

「おれも心当たりはねえ。第一、懇談室なんて音が漏れにくい上に遠いんだから、たとえ耳を澄ましていたって何も聞こえないだろ」

　結斗はお手上げ、というように椅子に凭れ（もた）かかる。

「――じゃあさ、管理人さんに誰が寮にいたかを確認して、聞き込みに回ろうよ。何かわかるかもしれない」

　ぼくの発案に、結斗は「ちょっと待て」と姿勢を直す。

「何でおれたちがそこまで出しゃばるんだよ。それは警察の仕事だろ？」

　彼の抗議は正論そのもので、思わず「ほんとだ」と漏らしてしまう。知らず知らずのうちに、吉田さんの死の真相を自力で突き止めないといけないと思わされていたのは、ぼくが小さい頃から探偵ものの小説や漫画を愛読していたせいなのかもしれない。ちりばめられた伏線が終盤で鮮やかに回収されるときの快感が、たまらなく好きなのだ。手遊び（てすさ）に描く漫画も、何らかの事件を主人公が解決するという筋のものが多かった。

だが、現実の事件に素人が首を突っ込むなんて非常識だ。ましてや知人が死んでいるのだから、不謹慎だとすら言える。

「でも――気にならないか？」

そう問いかけたのは望だった。ぼくら三人の視線が彼に集中する。

「おれたちは曲がりなりにも、同じ寮で三年近く彼女と生活を共にしたんだ。なのに結局、彼女の考えることはわからずじまいだった。最期まで理解できないままなんて、悔しくないか」

「ほんと！　ウチもずっと興味あったんだ、あの子に！　まあ向こうはウチなんかと話したくもなさそうだったけれどさ！」大橋さんも甲走った声色で同意した。「それに、動くとしたら今のうちだね。明日になったら警察の捜査も本格的になるだろうし、もしかしたらマスコミも嗅ぎ回り出すかも」

真剣な面持ちのぼくらを見渡して、結斗はやれやれと、その筋骨隆々とした肩をすくめた。

「そうだな。それがおれたちのできる、吉田さんへの弔いなのかもしれねえな」

4

まずぼくらはエントランス近くの管理人室に向かった。我らが帝都大学寮の責任者、田中さんは、長身瘦軀の気さくな優男である。爽やかな語り口にラフな格好は若々しさを感じさせるが、一方でぼさぼさの髪には白髪も混じっていて、年齢不詳なところがあった。

「君たちも大変だったね」

ぼくら四人の顔を見るなり田中さんが漏らした一言からは、深い疲労が窺えた。入念な事情聴取を受けたのだろう。

「あの、やっぱり吉田さんは自殺したんですかね？」

結斗が単刀直入に尋ねた。田中さんは苦々しい表情で俯き、「他言無用だよ」と前置きして声を潜める。

「ああ……そのようだね。貼られた粘着テープからは吉田さんの指紋が検出されたみたいだし、状況は明らかな練炭自殺だ。遺書はまだ見つかっていないが、彼女の精神状態の落ち込みを示唆するようなものは出てきたらしい」

「どういうことですか？」

「担当編集者の話とパソコンに残された原稿からわかったようなんだけれど、彼女の執筆していた新作が、恋人との死別を題材にした、終始暗澹とした展開を辿る私小説風の長編だったらしい。大切なものを失った悲しみだとか、思い出を忘れられない苦しさだとかが切実な筆致で綴られていて、自死を仄めかす表現も多くあったみたいだ。彼女の沈んだ内面の表れだと警察は解釈している様子だった」

「太宰治が自殺する前に『人間失格』を書いたように、か」と望が呟く。

「でもさ、別に辛気臭い話を書いてる作家がみんな病んでるわけじゃなくない？」大橋さんは言葉を選ばない。「そういう短絡的な見方はマジ失礼だよ」

「そうだな……わたしの目にも、彼女がそこまで追い込まれているようには映らなかった」と田中さんも頷く。「だからといって、事件性があるのだとも考えづらい」

「今日の昼ごろ寮にいたのは誰なんですか？　外部の人が訪ねてきたりはしました？」

ぼくの問いに、田中さんは「警察みたいなことを訊くなあ」と眉を顰める。

「わたしはずっとこの部屋にいたけれど、来客はなかったよ。記録を確かめたが、朝食後すぐに外出する学生がほとんどで、十二時頃残っていたのは吉田さんを除いたら君たち四人と、あとは――」

そこで田中さんは数人の名前を挙げた。いずれも、日食観測の際に公園で見かけた寮生だった。

「講義のある人もいたと思うけれど、今日は外へ日食を見に行った人が多かったんだろうね。皆帰ってきたのは夕方以降だった。かくいうわたしもここから友人とテレビ電話を繋いで、日食をずっと観測していたんだ」

「なるほど、ありがとうございます」とぼくは頭を下げる。「それと、現場の物置についていくつかお尋ねしたいんですけれど、天窓の内ロックは前から外されていたんでしょうか。あと、テント袋の口が元々開いていたのかどうかも、もし知っていれば」

「うーん、どっちもはっきりと答えられないんだよね。天窓を開けることなんて滅多にないからどういう状態だったか覚えていないし、長らく物置に入ってなかったんでテント袋の方もちょっと……。寮生の誰かが持ち出した後、雑に戻したのかもしれないし」

つまり、これらは事件の副産物なのかどうかも判然としないということか。

ぼくらは再度お礼を述べて、管理人室を出た。とりあえず、吉田さんの死亡時刻に寮にいた顔ぶれがわかったのは収穫だ。

「圭介、なんだか探偵みたいだぞ」

半分茶化すように、半分感心するように、結斗がぼくの脇腹を小突いた。

それからぼくらは、今日寮に残っていたという四人の寮生の部屋を順繰りに訪ねることにした。事情を詳しくは知らないであろう彼らは揃って怪訝な顔をし、吉田さんの姿については「見ていない」と回答した。寮の片隅にある懇談室近くを通るのは風呂に入るときくらいで、日中の目撃証言が得られないのも無理はなかった。

「やっぱおれらが聞き込みなんてしても無駄だって」

三人目に「人の死を嗅ぎ回る、野次馬根性に溢れた先輩たち」を見るみたいな視線を向けられて、ついに結斗が弱音を吐いた。

「何か決定的な目撃情報があったらすでに警察にも伝わっているはずだしな」と望までもが後ろ向きなことを口にする。

「まあまあ、ここまで来たら最後の一人にも聞いてみようよ」

ぼくは半ば意地になって三人を連れていく。四人目は、清水裕という二年生の男子だった。ノックをすると顔を出した彼は、ぼくらの並ぶ姿にぎょっとしたように後ずさった。

「ちょ、どうしたんすか」

「別に後輩いびりに来たわけじゃないぜ」結斗は親しげな口ぶりで言った。「亡くなった吉田さんについて、おれらで調べられることがないかと思ってな」

「清水くんは今日の昼ごろ寮にいたんだよね。何か見たり聞いたりしなかった？」

「部屋でゲームしてただけなんで、何もわからないっす……」

前の三人と代わり映えしない返答に、結斗が「ほらみろ」という表情でぼくを見やる。

「そうだよね。聞きたかったのは、それだけ。ありがとう」

ぼくらが大人しく撤退しようとしたそのとき、清水くんが「あ、でも！」と口を開いた。

「実は昨日の夕方、吉田さんの姿を寮の庭で見かけました。有名人だ、珍しいなと思って、陰から覗いていたら、手に持っていた紙みたいなもの数枚にいきなりライターで火をつけたんです。吉田さんはそれが煙を上げて燃えていく様を真剣に眺めていて、その目つきにぼくは激しい狂気を感じて……。見ちゃいけないものを見ちゃった気がして、慌ててその場を離れました。何をしていたんだかわからないですけど、今日吉田さんが自殺したって聞いて、少しだけ納得しちゃったんですよね。あの人は何か精神的にヤバいものを抱えていたんすよ」


無人の食堂に戻ってきたぼくたちは、最後の最後に拾い上げた証言の意味を捉えかねていた。夕暮れの庭で紙を燃やす吉田さん。狂気を帯びた眼差し。絵になる風景だ、という感想しか浮かばない。

「翌日七輪に火をつけるわけだから、その予行練習をしていたってことは……ないか」

結斗はすぐに自らの考えを否定した。確かに七輪で火を起こすには火種が必要だが、紙をライターで燃やすことが事前準備になるとは思えないし、燃えゆく様子を意味深に見つめていたことの説明にはならない。

「例えばだけれど、吉田さんが燃やしていたのは自分の書いた原稿だったんじゃないか？」今度は望が解釈を披露した。「書き上げた文章やストーリーに満足できなくて、それと決別するために燃やしたんだ。作品が消え去る様を感傷的な気分で見届けたのだと考えてもおかしくはない」

「なるほど。陶芸家がお眼鏡に適(かな)わなかった陶器を自分でぶっ壊すのと同じだな」

結斗は自らの喩(たと)えを気に入ったように、うんうんと首を大きく上下に振る。

「さらに言えば、彼女の自殺も、納得のいく作品を創ることができなくなったことに起因しているのかもしれない。おれたちにはわからない、産みの苦しみというやつだ」

「ありえるかもしれないね、それは！　執筆途中だった鬱(うつ)小説は、あの子の苦悩の表れであったと同時に、苦悩の原因でもあったってことでしょ」

大橋さんは飲み込みが早い。しかしぼくは、彼らの見解にも賛同しかねた。

「燃やしていた紙はたった数枚なんだよね。原稿にしては少なすぎない？　それに、彼女はパソコンで小説を書いていたという話だよ」

その通りだな、と望は頷く。だが、ぼく自身に何かいい考えがあるわけでもなく、長く重苦しい沈黙が四人を包み込んだ。結局、他人の自殺の理由を斟酌(しんしゃく)しようだなんて浅ましくて傲慢(ごうまん)な行為に過ぎず、土台無理な話なのだろうか。

そもそも——疑問は原点へと立ち返る——吉田さんは本当に自ら命を絶ったのか？

ぼくが自主的に捜査しようと思ったのは、未だ「彼女が自殺した」ということを疑っているためでもあった。単なる主観ではなく、現場で目にしたあのテントのパイプの件がある。自分の思いつきに拘泥(こうでい)するつもりはないが、やはり何者かが、密室から抜け出すための道具としてあの二本のパイプを使ったのではないか。そんな想像が抜け切らない。

今一度、あの物置の中で目の当たりにしたシーンを反芻する。違和感を喚起するのはやはり、口の開いたテント袋と二本のパイプ……だけではない。そうだ、パイプの先端から伸びるロープと遺体の上下関係。

「みんな、聞いてほしい」とぼくは前置きし、考えをまとめながら喋る。「現場におかしな点があったんだ。テント袋から二本のパイプが飛び出していたって話はしたよね。その先っぽに括り付けられているロープのうち、片方は彼女の体の下敷きになり、片方は腰の上に被さっていたんだよ」

「……見間違えたということはないのか？　服の色に紛れて見えなくなっていただけかもしれない」と望が眉根に皺を寄せる。

「いや、間違いない」何しろぼくは、吉田さんの遺体を目に焼きつくほど凝視してしまったのだから。「問題なのは、二本の上下関係が異なっているってところだよ。もし既にロープが垂れているところに彼女が倒れ込んだのなら両方とも体の下敷きになるはずだし、彼女が横たわった後、もがいた拍子に袋の口からパイプが出てきてしまったのなら、両方とも体の上に被さっていたはずだ。けれど実際はそのどちらでもなかった。これは、吉田さんが倒れた後に何者かがテントのパイプを移動させた証拠じゃない？」

三人は半信半疑という面持ちでぼくの推理に耳を傾けている。

「つまりその……一緒に物置にいた誰かが、棒を立てかけて天窓までよじ登り脱出したって言いたいんだよな」結斗が俯き加減で考え込む。「でも一酸化炭素の充満する中にいたら、そいつだって無事では済まないだろ」

「その問題はどうとでもクリアできる」と望が身を乗り出した。「例えばガスマスクみたいなものをつけていたのかもしれないし、あるいは他の場所で吉田さんを中毒死させ、遺体を物置に運んだのちに目張りを施して脱出する、という手順でも可能だ」

なるほど、とぼくは彼の発想に膝を打つ。特に後者は全く頭になかったが、大いに検討の余地があった。真の犯行場所としては風呂場や脱衣室が使えそうだし、七輪と粘着テープの指紋の偽装だってどうとでもなるだろう。犯人が達成すべきは、通行人の目を盗んで窓から脱出すること、ただそれだけになる。

しかし一体どうすれば、白昼堂々そんな芸当をやってのけることができるのだろうか。眩い日差しが燦々と降り注ぐ下で――。

そのとき、ぼくの脳細胞をピリリと電流が流れたような気がした。

太陽――そうだ。

今日は数十年に一度の部分日食だった。

このことが、事件に関係ないはずがない。

途端、ぼくの頭は急速に回転し始めた。今日見聞きした数々の情報の断片が駆け巡る。飛び出していたテントのパイプ、欠けた太陽、紙を燃やしていたという吉田さんの姿……これらのピースが描き出す、真実は何か。

考えろ。

まるで漫画に登場する名探偵みたいに。

数分の黙考を経て、ぼくは結論へと辿り着いた。俄かには信じがたかったが、同時に、これしかありえないのだと思えた。

「どうしたんだよ、圭介。さっきから様子がおかしいぞ?」

顔を覗き込んでくる結斗に促されて、ぼくは重い口を開く。見つめる先は、一人の女の子。

「やっぱり吉田さんは殺されたんだ。犯人は君なんだね……大橋さん」

5

「え、ウチぃ!?」

名指しされた大橋さんはキョトンとした表情で自分の顔を指差す。こんなに天真爛漫な彼女が人を殺しただなんて、考えたくもなかった。しかしぼくはもう、自分の編み出した推理を話さずにはいられない。

「ちょっと、冗談きついって、圭介くんさ」

ぼくの真っ直ぐな眼差しを受け、耐えかねたように大橋さんは目を逸らした。

「どういうことだよ、圭介」

結斗が低い声とともにぼくの肩を掴む。言外には「洒落にならねえぞ」という響きがある。

「圭介、説明してくれ」

望が静かに言った。ぼくは控えめに頷いて、語り始める。

「ここまでの議論の流れを踏まえると、誰かがテントのパイプを動かしたのは明らかだ。それも、吉田さんが倒れた後に、ね。つまりそいつが吉田さんを殺した犯人で、一本のパイプは天窓に手をかけるための足場として使われたのだと考えられる。天窓を開いて身を屋根に預けた後パイプが足を離れたから、倒れたそれはテント袋から飛び出し、ロープが吉田さんの遺体の上にかかった。ここまではいいよね」

「ああ。問題となるのは、いかに道行く人の目に留まることなく脱出を果たしたか、だ」

「その通り。人通りが切れるタイミングなんてほとんどなくて、屋根に出てから降り切るまで時間もかかるだろうから、目撃される危険性が高すぎる。しかし犯人は巧妙にも、今日だから生まれたごく短い隙(すき)を狙って、誰にも姿を見られることなく脱出を成功させたんだ」

そこでぼくは言葉を止めて、理解を促すようにゆっくり三人の顔を見回した。

「おい、それって……」

「そう、部分日食のピークだよ。天窓のついた屋根は南に面している。つまり見られる心配があるとすれば、それは北の方を向く通行人に、だ。そこで犯人は、誰もが南西の空に浮かぶ太陽に注目する瞬間に狙いを定め、堂々と屋根から飛び降りたんだよ。たとえ行き交う人が絶えなかろうが、こちらを見られさえしなければいい。要するに犯人は、分単位で予定された世紀の天体ショーを、視線を誘導するミスディレクションに利用したんだ」

誰からともなく感嘆の声が上がった。だがそれは、ぼくの推察を全面的に肯定するものではなかった。

「ちょっと待ってくれ、圭介」望がこめかみを押さえながら反論する。「おまえの言った方法は、やや机上の空論めいているが実行可能かもしれない。でも、おれたちが日食を見に出かける以前に密室は完成していたんだ。おまえも確認しただろう？　両方の扉はあのとき既に目張りされていた。犯人はもう抜け出していたんじゃないのか」

「そうだぞ。それとも、あのとき犯人はまだ物置の中にいて、日食が起きるまでそこで待機していたっていうのか？　だったらなおさら大橋は犯人じゃないよな。なにせ、大橋があの時刻に食堂で飯を食っているのを、おれらは見てるんだから」

　結斗の言う通りなら、犯人はいなくなってしまう。日食のタイミングで寮に残っていたのは大橋さんと管理人の田中さんのみで、テレビ電話を繋いでいた田中さんにはアリバイがあった。残るのは部屋で一人レポートを書いていたという大橋さんだけだ。屋根から降りた後は、あらかじめ開けておいた自分の部屋の窓から寮に忍び込めばいい。しかし当の彼女は日食の始まる前から食堂にいて、密室は既に完成していたのだから、結局誰もこの脱出トリックは使えなかったように思える。

「疑うべきは、本当に密室は一時過ぎに完成していたのか、というところだよ。あの時点で確かに二つの扉は開かなかったけれど、内側からの目張りまでは確かめていないよね。何らかの方法で一時的に両方の扉を動かないようにして仮の密室を演出し、ぼくらが去った後にそれを解除して、改めて目張りを施した真の密室を作り上げたのなら、日食を利用した脱出トリックは問題なく使えるわけだよ」

「おい、『何らかの方法』って、『解除』って何なんだよ。ふざけてんのか？」

「悪いけど、大真面目だ。注目すべきは、袋から飛び出していたもう一本のパイプだよ。あれは遺体の下にあった。つまり、犯人は仮の密室を構成するためにその一本を使い、解除後に遺体を物置に運び込んで、もう一本をよじ登るための足がかりに活用した。二本のパイプの使用タイミングと用途は違った――だからこそあんな上下関係の齟齬が生まれたんだ」

テント袋を遺体の近くで開けっぱなしにしておいたのは、どうせ足場に使う方のパイプが飛び出るのは避けられないから、遺体が倒れ込んで乱れたようにカモフラージュしようとしたのだろう。もし遺体とは離れた場所にパイプが一本だけ投げ捨てられていたら、どうしても目についてしまう。

「だから、どうやって仮の密室とやらを作ったのかって聞いてんだ！」と結斗が声を荒らげた。大柄な彼が立ち上がると威圧感がある。「棒一本で、何ができるんだよ」

「ごめん、順序立てて話しているんだ」ぼくは動じずに彼を宥める。「あのパイプに一つ特筆すべきことがあるとすれば、それは両端に接続のためのロープが括り付けられているという点だ。犯人が作り出したのは、部屋の構造とパイプの特性を存分に活用した、恐ろしくシンプルで実用的な機構なんだよ」

ぼくは自室から裏紙と筆記用具を持ってきて、現場の見取り図を大雑把に描いた。続けて、製図用定規ですっと引いた一本の直線は、向かい合う二つの扉のレバーハンドルを最短距離で繋ぐ。

あっ、と望が短く叫び、結斗が崩れるように座り込み、大橋さんが瞼をゆっくりと閉じた。

「犯人はパイプを室内に横断させ、二つのレバーの根元に両端のロープを結びつけたんだ。こうすると二つの扉の状態は完全にシンクロする。内開きの扉のレバーだけを下げて押しても、奥の扉がパイプを経由したストッパーとなって動きはしない。一方で外開きの扉のレバーだけを下げて引いても、今度は手前の扉がロープを経由したストッパーとなって動きを妨げる。ところが、両方の扉のレバーが下がった状態にして力を加えると、ドアノブ同士の間隔を一定に保ったまま、二つの扉を同時に開けることができる。つまるところ、犯人はあのパイプ一本で、絡繰りを知る人のみが自由に出入りできる偽りの密室を出現させたんだよ」

部屋全体を巨大な絡繰（からく）り箱に見立てたような仕掛けだった。物置に入ろうとして片方だけの扉を別々に押し引きしても、レバーが下がるだけで扉が動くことはなく、内側から目張りされているのと全く同じ観測結果になる。だが、一方のレバーを下げてテープ等で固定した状態で、もう一方の扉に力を込めれば、連動する二つの扉は難なく開き、密室状態は「解除」されるのである。

「犯人は十二時頃に吉田さんを別の場所で一酸化炭素中毒死させた後、物置にパイプの仕掛けを設置した。二つの扉をともに半開きにした状態でロープを結び、物置を出てから扉を閉めるだけで工作は済む。そして犯人は自分の姿を目撃させてから、ぼくらに物置の密室状態を確認させた。ぼくたちがレジャーシートを取りに行くのは事前に決まっていたし、物置に向かわない様子があれば自分から提案すればいい。

　次いで、ぼくらが外出したのを見送ってから仕掛けを取り外し、吉田さんの遺体を運び込む。日食のため寮はがら空きで、管理人室に田中さんがいるだけだから、さほど人目を憚（はばか）る必要もない。仕上げに扉の四辺に内側から粘着テープを貼り付け、吉田さんの『自殺現場』を拵（こしら）える。あとは時が来たら、天窓から脱出して何食わぬ顔で自室に戻るだけ。他ならぬぼくらが、『日食以前に犯行は完了していた』という誤認を保証している以上、現場は完璧な密室状態だ。大胆にして実に周到な計画だよ。そしてこれら全てを実行に移すことができたのが大橋さん、君以外にありえないのは、もう言うまでもないよね」

大橋さんは困り果てたように金髪を撫でるだけで返事をしない。結斗は彼女とぼくの顔を交互に見つめ、我慢ならなくなったように腰を上げる。

「本当なのか、大橋。なんでおまえが吉田さんを殺さなくちゃいけないんだよ。仲は良くなかったかもしれないけど、そんなことをする意味がないよな！」

大橋さんは無言で虚空を見つめている。嘘だろ、と結斗の瞳が小刻みに揺れる。

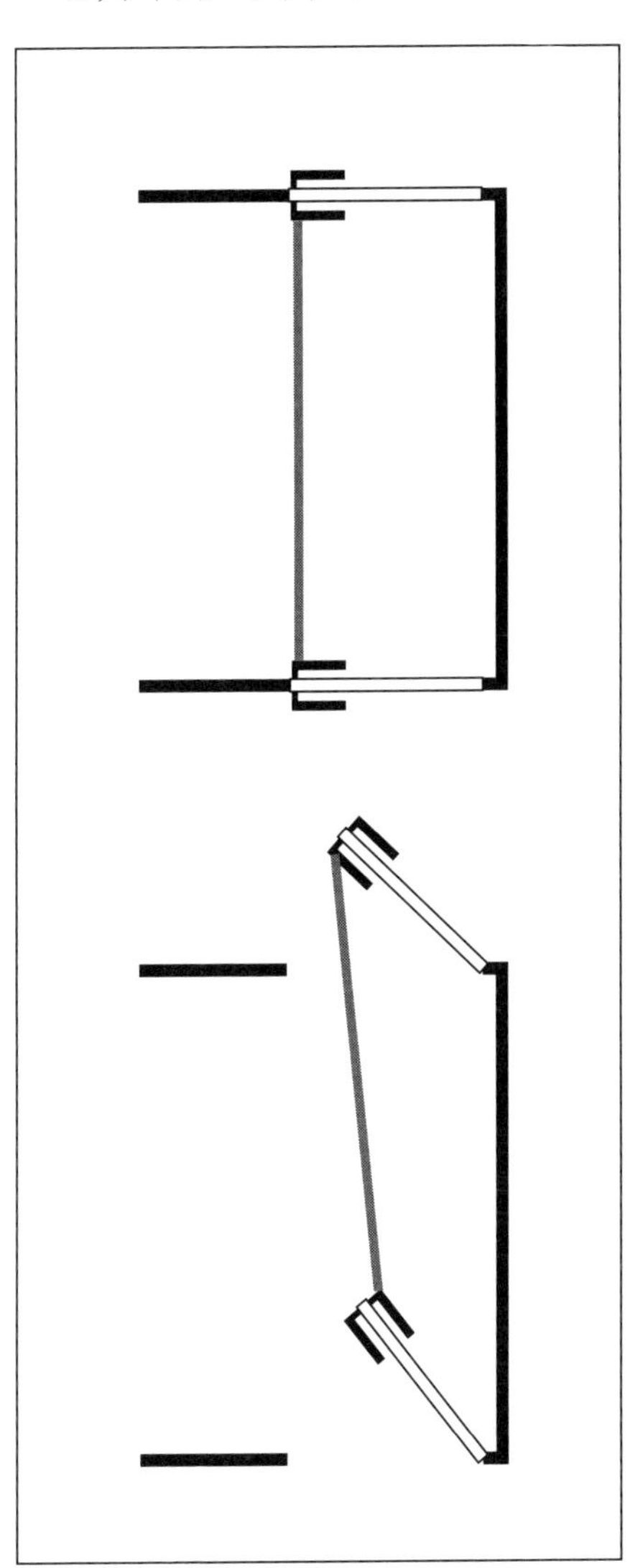

「大橋さんは多分……吉田さんからずっと嫌がらせを受けてきたんだ」と代わりにぼくが答えた。

「吉田さんが昨日庭で燃やしていたのは、君が失くしたという哲学のレポートだったんじゃないか？　君たち二人の反りが合わないのは周知の事実だったけれど、それは単に友達になれないというだけではなく、吉田さんにとって君は嫌がらせをしたくなるくらいに不愉快な存在だったのかもしれない。これはぼくの想像だけど、誰にも分け隔てなく明るく接し、みんなの心をすぐに摑む人懐っこい大橋さんを、正反対の性格の吉田さんは、きっとどこか羨ましく思っていたんだ。嫌がらせは、その羨望の裏返しだったんだよ……」

話を聞いた大橋さんは首を垂れ、肩を震わせて――。

笑い出した。

「あはは、嫌がらせなんて受けてないって！　それにウチは犯人じゃないし、圭介くんの推理だって全部的外れ。はは、マジウケる。でも、笑っちゃダメだよね！」彼女は笑いの波が通り過ぎるのを待つように何度か深呼吸をしてから、ゆっくり顔を上げる。「ウチは吉田さんを殺してなんかいない。だって、そんな頭いいトリック？　ウチが考え付くわけなくない？　って、それじゃ通用しないか！」

大橋さんは巻き髪を優雅に搔き上げ、ぼくら三人の顔を順々に射抜くように見つめる。目の周りできらめく大粒のラメと、悪戯っぽい光を湛えた瞳に、なぜかぼくは心臓がきゅっと縮む心地がした。

「ウチも今ちょっと、その、推理？　っていうのをしてみて、わかっちゃったんだ。ウチ馬鹿だから説明とか下手だけどさ、仕方ないからキミたちに教えてあげるよ。なんで圭介くんの推理が出鱈目（でたらめ）で、真犯人が誰なのかってこと」

6

「ぶっちゃけ、圭介くんの描いた筋書きは結構良くできてたよ。大胆不敵な心理トリックと単純明快な物理トリック、それにうまく手がかりを拾い上げたような動機の解明。でもさ、キミはちょっと、『伏線を回収すること』を意識しすぎたんじゃないの？　今日が日食という超レアなイベントの日だったから。吉田さんが紙を燃やしていたって証言が、手間をかけた末にようやく手に入れられたものだったから。だから、これらの手がかりは事件の解明に必要な部品に決まっている――そんな、一ミリも正当性のない論理に支配されちゃっていたってわけ。勉強とか謎解きとか頭良さそーなことばっかりやってる人のはまりがちな落とし穴だよね」

大橋さんの遠慮のない指摘は正鵠（せいこく）を射ている。これらの情報が事件のどこかに組み込まれるものだという逆算から、ぼくが推理全体を構築したのに違いはない。だが――。

「それの何がいけない？　ぼくの推論が誤っていることの証明にはなってないよ」

「あは、そうだね。じゃあキミの推理の欠陥を一つ。圭介くんの話だと、キミたちが一時過ぎに物置を訪れたとき、現場はパイプによって急造された仮の密室状態だったはずだよね。当然、目張りはまだされていなかった」大橋さんはそこで、指をぴんと立てる。「なのに、扉の隙間から光は漏れていなかったんでしょ？　外は快晴で、南中した太陽の光が南向きの天窓から差し込んでいたはずなのに。これっておかしくない?」

頰を平手打ちされたような衝撃が走った。そうだ、物置の電気がついていようがいまいが、その中が明るいことには変わりはなく、薄暗い懇談室には光が漏れ出ていて然るべきだった。

「となると、考えられることは一つしかないでしょ。扉の四方はあのときもう目張りされていた。密室はすでに完成していたってこと。だから犯人がそのあと物置に侵入したわけでもないし、日食なんてまるで無関係。圭介くんの推理は完全にトンチンカンって話。大丈夫そ?」

返す言葉がなかった。内容もさることながら、大橋さんの口からこのような鋭いロジックが飛び出していること自体が衝撃的だった。失礼な話、ぼくは彼女のことを容姿や喋り方の割に頭が切れる程度にしか思っていなかったけれど、まったくもって見誤っていたらしい。

「――ぼくが間違っていたのかもしれない。じゃあ、吉田さんが燃やしていたっていうあの紙は……?」

「だーかーら。それも事件に関係ないんだってば。でもまあ、説明をつけてやれないこともないかな。ここからはウチの妄想ってことで聞いててちょうだい。

結斗くんたちの話とかを聞いていると、吉田さんは小説の題材を現実世界に求めていたような節があるよね。プロへの夢が怪我によって断たれるという、自分に経験のない挫折を味わった結斗くんの弟に興味を持って近寄ったのだってそう。ちょっとサイテーって思っちゃうけど、人生経験の乏しさやリアリティの欠如を叩かれがちだった彼女は、そうした負の感情にそばで触れて、創作のヒントを得ようとしていたんだよ。

で、彼女は最近、恋人との死別の悲しみを描いた小説を書いていたらしいじゃん。だったら、結斗くんの弟を理不尽に振ったのは、失恋という喪失を味わった誰かの姿――表情や感情の移り変わりを間近で観察するためだった。そう考えるのはイジワルすぎ？」

「そんな外道な……」

結斗が歯を食いしばった。もしそれが本当なら、あまりにも残酷だ。だが、吉田さんの冷淡さを散々目にしてきたぼくらは、彼女ならやりかねないとも思ってしまう。

それに、ぼくにも少しだけわかるのだ。時として人は、いけないとわかっていても「本物」の持つ魔力に魅入られてしまう。「目の前にある」、それ以上に創作のインスピレーションを刺激するものはない。現にぼくは、吉田さんの斃れるあのおぞましくも美しい姿を目撃したとき、条件反射的に、どうしようもない衝動に駆られていた。

これを描きたい、と。

そうか、ならば紙を燃やしていたのも……。

「同じように、燃えゆく紙片を眺めていたのは、観察するため。死別した恋人を忘れるのに、思い出の品を燃やすという行為はつきものでしょ。つまり吉田さんは、小説中の物を燃やすワンシーンを仔細かつリアリスティックに描写するために、実際に物が燃え尽きるまでの過程、飛び散る火花や立ち上る煙の様子を、目に焼き付けていただけなんじゃない？　想像で書くよりも、ずっと的確で詩的な表現を捻り出せそうじゃん」

そのときの熱のこもった目つきは、傍から見れば、狂気的に映ったかもしれない。

「何を燃やしていたかなんて、ウチらの知ったことじゃないの。わかった？」

諭すような口調で、大橋さんは結論づけた。

「――ごめん、あまりに浅はかだった。大橋さん……犯人扱いしてしまって、本当に申し訳ない！」

深々と頭を下げる。何と謝れば許してもらえるのかわからない。大橋さんは「ほんと勘弁してよ！」と膨れてみせたが、すぐに表情を和らげた。

「まあ、ウチは寛大だから許してあげるけど。圭介くんも、これで少しは勉強になったでしょ。手持ちのピースを全部使って事件の真相を組み立てようだなんて、虫が良すぎだって。無理矢理そんなことをするから、簡単なことも見落としちゃうんだよ？」

「その通りだ……ミステリの読みすぎだったかもしれないよ」

「そうそう！　ここはただの現実世界なんだからね」その声色は、わずかな憂いを帯びている。

「ま、そんなことは置いといて！　ウチが本当に怒らないといけないのは、さっきから黙りっきりの真犯人さんだよ」

えっ、と声を漏らす。そうだ、彼女は最初に言っていた。真犯人が誰なのかわかっていると。

ピンと張り詰めた空気の中で、大橋さんがゆっくりと人差し指を向けたのは、ぼくの親友だった。

「吉田さんを殺したのはキミじゃない？　新山望くん」

7

望の瞼が、痙攣(けいれん)するようにピクリと動いた。

「……なぜ、おれが犯人だと？」

「元々なんだか怪しいなーとは思っていたんだけどね。ギャルの勘ってやつ？」と大橋さんはどこまで本気なのかわからないことを言う。「それはさておき、キミは一つおかしなことを口にしていたのに気づかなかったかな。キミは、圭介くんが遺体とロープの上下関係の矛盾を証言したとき、『服の色に紛れて見えなくなっていただけかもしれない』と言ったよね。それを聞いて、ウチは変だなって思ったの。パイプに取り付けられたロープは白色だけど、今朝吉田さんは食堂で黒いセーターを着ていた。色が混じって見えるなんてことはありえない。そんな表現は、出てくるはずがないって」

そうだ、すっかり忘れていた。大橋さんの言う通り、朝の時点で吉田さんは「黒色」だった。

「待って、でもぼくが現場で見たときは真っ白なワンピースを着ていたんだ。だから確かに、ロープとの境界は分かりづらくなっていた」

「うん、圭介くんがああいう反応だったってことは多分そうなんだろうと思ったよ。つまり吉田さんは、食後にすぐ着替えていたんだ。きっとウチが溢しちゃったコーヒーが服にもかかっていたんだろうね。

問題は、望くん、キミがどうしてそれを知っていたのかってことだよ。朝の食堂で見て以降、吉田さんを一度も見かけていないって言っているのにさ。吉田さんの自殺説に不利な証言が出てきそうになったから、キミは慌てて、知っていちゃおかしいことまで口走っちゃったんじゃない？」

「じゃあ」と望は大橋さんを遮るように応じた。「どうやっておれが吉田さんを殺したっていうんだ？　あの密室の中でな」

ぼくの背中を冷たい汗が伝った。だって今のはもう、ほとんど犯人の台詞ではないか。望はさっきから否定も弁解もしない。

――しかし、最後の砦はやはり密室だ。望が密室を作り上げた手段が明らかにならない限り、ぼくは彼が真犯人だと信じることはできない。

「正直、密室とかあんま興味ないんだけど、こんな作戦はどう？　まず手始めに、吉田さんを懇談室に呼び出して、二人きりになる」

「おい、簡単に言うけど」と結斗が割り込む。「第一ステップからして難関だ。あの吉田さんを呼び出すなんて」

「望くんと吉田さんは、ウチらの知ってる以上に親しかったってことでしょ」と大橋さんは断言する。「懇談室の扉の前に立ち塞がって、キミは例えばこう言うんだ。『おれと一緒に死のう』。その後、毒ガスだと嘘をついて多少刺激臭のある気体でも噴射すれば、キミが化学に精通していることも相まってリアリティは十分だね。信じ込んだ吉田さんは死にたくないから当然逃げ惑う。でも、寮の外れにある懇談室から助けを求める声は誰にも届かないし、男のキミに腕っ節の強さでは敵いっこない」

まるで見てきたように語る大橋さんは、核心に近づいていく。

「そこで吉田さんは、物置の中に粘着テープがあることを思い出す。彼女は急いで物置に駆け込み、両方の扉の隙間を粘着テープで完全に塞ぐ。それはキミが迫ってくるのを防ぐためだけではなく、毒ガスの侵入を防ぐためのもの。彼女は即席で、物置を毒ガスからの避難場所に仕立てたんだ。一方キミは、変わらずドアの前に陣取って、逃げても無駄だなんて脅し続けていればいい。そうして吉田さんは束(つか)の間の安全を得た——つもりになった。でもこれは、望くんの仕組んだ罠だったんだ。キミは吉田さんの機転を一手先読みし、物置の目立たない場所に火をつけた炭入りの七輪を放置しておいたんでしょ。椅子の下に置いておけば、わざわざしゃがみ込んで覗かれない限り気づかれることはない。とどのつまり吉田さんは、自身を守るための目張りを自らの意思で完成させ、密室の中に自分を閉じ込めてしまったってわけ。やがて不完全燃焼を始める炭から一酸化炭素が発生し、彼女の命を静かに奪い去るっていう仕組みね」

大橋さんの推理は突拍子もなければ、裏付けだって欠いている。しかしぼくらはもう、立て板に水を流すような彼女の弁舌に引き込まれていた。

「ここで一つだけ誤算があった。望くんが息絶えるのを待っているだけでは埒(らち)が明かないと痺(しび)れを切らしたのか、吉田さんは天窓からの脱出を試みたんだよ。テント袋を開け、二本のパイプを持ち上げて壁に立てかける。それをよじ登り、窓の内ロックを外したところで……限界が来た。燃焼で膨張した一酸化炭素は空気よりも軽いんだから、部屋の上部ではもっと濃度が高かったんじゃない？　彼女は目眩(めまい)に襲われて絨毯に倒れ込む。両足を支えていた二本のパイプは、彼女を挟み込むような順番で倒れる。そのまま昏睡状態になり、やがて死亡。現場は、彼女が単独で練炭自殺したのとほとんど同じ状況になった……って感じで、合ってる？」

フィクションの中の名探偵を見ているようだ。彼女の推理によって、密室の謎とテント袋の違和感は見事に解明されてしまった。懇談室に充満していた芳香剤の香りは、偽の毒ガスの残り香を掻き消すためのものだったのか。

そして、吉田さんを操って自らを死の密室に封じ込めさせたという筋書き——入れ子構造の部屋の中にあって、物置の「内」は懇談室の「外」でもあったというわけだ。被害者自身の手を借りて自殺現場への偽装を済ませるなんて、なんと悪魔的な企みなのだろう。

と、そこでぼくの記憶の隅が小さく揺さぶられた。この構図は、最近耳にした何かに似ている……まさか！

「ああ、なかなか気の利いたトリックだと思ったんだがな」と望は唇の端を大きく吊り上げた。彼の自白を押し留めるものは、もう何もなかった。「この計画が頭に降ってきたのは、おれが三段リーグでひどい負け方をした日のことだった。王を囲う穴熊を仕上げる手を指した結果、逃げ場がなくなって詰んでしまったあの盤面を、殺人のトリックに応用できることに気づいたんだ。常に他人をコントロールする側だと思い込んでいたあいつの皮肉な末路にうってつけだとおれは確信した」

穴熊囲いという物理的な「密室」に自ら閉じ籠ったがために、桂馬という飛び道具に「殺された」王。これに関してはちゃんと、伏線があったわけだ。

「おい、望。おまえが本当に、吉田さんを殺したっていうのか……」結斗は掠れた声を出し、望の胸ぐらを摑む。「どうしてだよ。なんで人殺しなんてしちまったんだよ！」

そうだ。動機がわからない。それに、望と吉田さんはいつの間にそれほど距離を縮めたのか。力任せに胸元を揺する結斗に望は抵抗することなく、彼の頭は激しく上下に振動するが、表情は変わらないままだった。

「もしかして望も、結斗の弟と同じ扱いを受けたのか……？」

「――それは違う」ぼくの言葉に、ようやく望は口を開いた。「別におれはあいつに、何の個人的で特別な感情も抱いていない。一切、だ。だが、おまえらももう十分わかっただろう？　あの女はどうしようもないクズだった。この世界は自分が主役の物語で、他人のことは自分を引き立てるための小道具程度にしか思っていなかったんだ。だからこそ、独善的な『観察』のためだけに、誰かを傷つけるようなことが平気でできる。才能を盾(たて)に非道を振りかざす化け物さ。あんなやつを野放しにするわけにはいかない。誰かがあいつを、殺さなければならなかった」

「何だよ、それ……いや、わかるぜ？　おれだって今は、あの女を一発ぶん殴ってやりたいほど憎いさ。でも――何も殺しちまうことはなかっただろ？　それも、全く無関係だったっていうおまえがよ」

　結斗は無力感に打ちひしがれたように望を突き離す。ふらりとよろけた望は、緩慢(かんまん)な動作で体のバランスを立て直し、決然とした双眸(そうぼう)をぼくらに向けた。

「いいや、おれが殺すしかなかった。殺人のトリックは、どうしようもない負け方をしたおれだからこそ思いついたものだ。何より、彼女との関係性を深められたのは、おれが子供の頃から本気で目指してきた『プロ棋士になる』という夢を捨てた、恰好の獲物だったからさ。あいつに苦しみを打ち明けたら、案の定舌舐(したな)めずりして飛びついてきたぜ。どんな感情になったのか、もっと詳しく聞かせてってな。

　要するにな、おれがプロ棋士になれなかったからこそ、吉田陽香を殺すための舞台が整ったんだ。これは天命だと思ったさ。おれの今までの積もり積もった苦しみは、偏(ひとえ)に、あのクズをこの世から葬り去るためにあったんだ。そうさ、おれはそのためだけに、必死になって将棋を十五年間も続けてきたんだよ！」

狂っている、と咄嗟に思った。そんな動機が、存在していいのか。

プロ棋士への望みが絶たれつつあった望がそこまで思い悩んでいることは知らなかったし、幼い頃からの夢を諦めなければならない苦しさが、ぼくに理解できるとは言わない。だが、そのことにより殺人のお膳立てが為されたからといって、それはただの偶然の産物にすぎないではないか。失敗を活かしたかった、なんて次元の話ではない。事もあろうに、それが最初からの目的だったなんて言い張るのは、正気の沙汰ではない摺り替えだ。

「どうしてそんな理由で——殺してしまったら、取り返しがつかないんだよ？」

「取り返しがつかないから、いいんだろ」と望は自分の言葉に確固たる自信を持った口調で答えた。「おまえはあるのか？　起きている時間の大半をバカみたいに、気が遠くなるほどの細かい研究に費やしたことが。一手の間違いで形勢を逆転され、体の中でマグマが煮えたぎるような悔しさに全身を焦がされたことが！　けれど、それがプロを目指すということだ。何よりおれは将棋が好きだったから、いつかこの努力が実を結ぶのだと信じて疑わなかった。

でも、タイムリミットは来てしまった。信じられないようなひどい手を指してしまったあの日、おれは悟ったのさ。自分はもう将棋に集中できていなくて、これ以上強くなることはないのだと。そして、自分のすべてだったプロ棋士になるという夢を手放すと決めた瞬間に、途方もない虚しさと絶望感に襲われたんだ。だって、そうだろ？　おれの今までの努力には、消費してきた時間には、注ぎ込んできた情熱には、何一つ意味なんてなかったんだ！　おれの未来は過去の一切合切(さい)と切り離され、別人として再出発しないといけない。そんなこと……到底耐えられなかった。せめて何か少しでも、意味があってほしかったんだ。おれの今までの将棋人生が世界に、わずかでもいいから違いを生み出してほしい――そんな折に、吉田陽香の殺害に考えが至った。一人のろくでなしを社会から抹消するための十五年間だった。そう捉え直して初めて、おれは救われたんだ。おまえらにはわからないだろうな」

わかってたまるかと吐き捨てようとしたぼくの唇はしかし、凍りついたようにぴたりと止まってしまう。瞼の裏に浮かぶのは、机に放置したままの「自己分析シート」。そうか、とやっと気づく。ぼくを苦しめていたものの正体は、将来が決定づけられることへの不安などではなく、自分の歴史とは無関係の方向に人生が進んでしまうことに対する恐怖だったのではないか。

だとしたら――ぼくも望も同じ穴の狢(むじな)だ。自分のかけてきた時間を無駄にしたくないから、得た技能を活用できるような職業に就く。自分の挫折を何かの糧にしたいから、誰かを殺める。両者にどれほどの違いがあるというのだろう。ひょっとしたら、ぼくの苦悩と彼の狂気(ルナシー)の間には、紙一重の差しかないのかもしれない。ぼくらは、過去の自分が必死に取り組んできたことが今の自分と世界に何の影響も及ぼさない、その現実に慄(おのの)くのである。だからＡＩみたいに、その時々で最善の選択をすることができない。流れを汲(く)み、自分のかけてきた労力を活かせるような方法を探した結果として、ときに――。

とんでもない悪手を指してしまうのだ。

だからぼくは、望を責める言葉を、飲み込まざるを得なかった。

「……ほんと、ばっかばかしい！」

呆れ声を上げたのは大橋さんだった。

不機嫌そうに指を弄り、望を鋭く睨みつけている。

「結局キミも、さっきの圭介くんと同じ失敗を犯しているだけじゃん！　望くんは人生の伏線を回収しようとしすぎたんだよ。珍しいものとか手間暇かけたものは、強引にでも使いたくなるもの。それはみんなそう。でも、自分の人生に無理矢理一貫性を持たせようと起きてしまったことへの意味付けに執着して、『どんな人であっても殺してはいけない』なんて当たり前のことまで忘れちゃうんじゃ世話ないよ。

ウチだって思うよ？　自分の経験したことに一つ残らず意味があるのなら、そんなに素晴らしいことはないって。今まで手に入れたもの、すべてが過不足なく調和して未来の自分を形作るのなら、どんなに気持ちいいだろうって。

でも、そんなのって幻想。伏線なんて回収される保証はないんだよ。夥しい犠牲と感情を支払って取り組んできたことが現在の自分に何一つ役立っていないことも、ドラマみたいな奇跡的な出会いをした相手とわかり合えないまま疎遠になることも、ざらにあるんだって。意味ありげに配られた大きなピースがパズルのどこにもはまらないなんて、そりゃ気持ち悪くて苦しいよ。泣き出したいくらい。けどさ、そんなの当たり前じゃん。すべてのシーンに理由があるだなんて、推理小説じゃあるまいし。だから、さっさと受け入れるしかないの。無理に押し込んだところで出来上がるのは、歪でチグハグな絵柄でしかないんだからね」

大橋さんの一言一言には実感が伴っていて、有無を言わせぬ真実味があった。ぼくは彼女をまじまじと見つめる。金髪で化粧が濃く、落ち着きがなくていつも騒がしい彼女は、ぼくらの中の誰よりも大人だったのだ。

「じゃあ——どうすればよかったんだよ。そんなことを言われても、おれには耐えられなかったんだ。この苦痛は、どうにもならないじゃないか」

　望は激しく顔を歪めて喚いた。大橋さんは彼に、ほんの少しだけ微笑(ほほえ)みかける。

「ウチは何も、キミの過去がすべて無意味だなんて言いたいわけじゃないんだ。すぐにそれとわかる形で回収されなかっただけで、遠い将来になってどういう意味があったのかわかることもあるのかもしれない。吉田さんが紙を燃やしていたという証言が、事件の解明には関係なくとも彼女を理解するのには役立ったようにね。日食があったのだって、ウチらが気づいていないだけで、事件の何かしらのメタファーになっていたのかもしれないよ、知らないけどさ。

　もちろん意味なんて端(はな)からなくて、一生わからずじまいなのかもしれない。だったらさ、もうどんな意味があったかなんてことに拘らず、ましてや見つからなかった意味を自力ででっち上げるなんて変な気は起こさずに、もっと気楽に生きればよくない？　みんな、難しく考えすぎ。ウチみたいにもっとテキトーに過ごせればハッピーなのになって思うよ」

　項垂(うなだ)れる望の口から、吐息のような声が漏れた。

「……おれは、おまえみたいには、なれやしない」

「そう？　でもウチだって、実は意外と悩んできたのかもしれないじゃん？　人がどう変わるのかなんてわかったもんじゃないよ」と大橋さんは片手をひらひらさせる。「一つ良いことを教えてあげる。伏線っていうのは、忘れた頃に回収されるのが一番気持ちいいんだよ。だからさ、キミの人生はこれから相当大変になるけれど、せめて、楽しみに生き続けてほしいんだ。大量にちりばめられた伏線のうちの一つが、ある日突然思わぬ形で回収(レトリーブ)される美しい瞬間をね」

8

「野口くん、ちょっといい？　この図面、いくつか確認したいことがあるんだけれど――」

二期上の高倉(たかくら)さんがオフィスチェアに座ったまま滑ってきて、こちらのデスクに書類をぱさりと重ねた。ぼくは向き直り、彼女の質問に一つ一つ答えていく。

中堅の住宅メーカーに入社して二年が経つ。

ぼくの就活は難航し、第一志望の会社から内定を得ることはできなかった。でも、仕事に慣れてきた今では、この会社を選んでよかったと心の底から思っている。社員同士の距離が近くて上司は温かいし、日々の業務にはやりがいがある。

「――なので、そういう方向で調整してもらえるとありがたいです」

「了解。もう仕事完璧じゃん、野口くん」高倉さんはおどけた口調で白い歯を見せた。「そうだ、君、社内報に部署紹介の漫画載せていたよね？　読んだよ。すごく面白かった。それに、プロみたいに絵がうまいんだね」

「そんな、ただの趣味ですよ……」

飲み会の席で漫画を細々と描き続けていることを明かしたところ、社内報作成を担当していた同期の耳に留まり頼まれたのである。勇気を出して引き受けた甲斐(かい)があって、評判は驚くほど上上だった。

「でさ、広報部の子から聞いたんだけれど、野口くんに協力してほしい広告の案件があるみたいよ。うちみたいな小さな会社は、使える才能があったらとことん使っていかなきゃやっていけないからね。今度話があると思うから、覚悟しときなよ」

「え、そうなんですか……」

柄にもなく、高揚と嬉しさとが、じわじわと胸に広がっていくのを感じていた。ああ、そうか――と口の中で言う。たったこれだけのことで、十分だったのだ。こんなことでもぼくらは、報われてしまう。救われてしまう。

望に、もっと早くこのことを伝えてあげられていたら……。

あの日の大橋さんの言葉や、大粒の涙を零して慟哭した望の姿は、今でも時折フラッシュバックする。その度に、現在罪を償っているはずの望の心境や、大橋さんや結斗が今どこで何をし、何を感じているのかと思いを巡らせずにはいられない。大事な友人を失った事件はぼくにとってほとんど腫れ物みたいな苦い記憶で、結斗たちとも卒業後はめっきり連絡をとらなくなってしまった。

けれど、これだけははっきりと言える。

あの事件は確かな現実であり、紛れもなく、ぼくの人生を構成する重要な一欠片なのだ。

「が、がんばります!」

それじゃ、と手を挙げて自席に戻っていく高倉さんの後ろ姿に向かって、ぼくは精一杯大きな声を出して、強く誓った。

【参考文献】

『敏感すぎる私の活かし方　高感度から才能を引き出す発想術』エレイン・N・アーロン、片桐恵理子訳（パンローリング株式会社、二〇二〇年）
『ゾウの時間　ネズミの時間　サイズの生物学』本川達雄（中央公論新社、一九九二年）

【初出一覧】

「街頭インタビュー」　書き下ろし
「カエル殺し」　書き下ろし
「追想の家」　書き下ろし
「速水士郎を追いかけて」　書き下ろし
「ルナティック・レトリーバー」　〈紙魚の手帖〉vol.07（二〇二二年十月号）

著 者 紹 介

1999年アメリカ生まれ。東京都在住。東京大学大学院在学中。2022年、「ルナティック・レトリーバー」で第19回ミステリーズ！新人賞を受賞。23年には「麻坂家の双子喧嘩」が、新人発掘プロジェクト「カッパ・ツー」第三期に入選した期待の俊英（刊行に際し『バイバイ、サンタクロース　麻坂家の双子探偵』と改題）。

ミステリ・フロンティア 119

ぼくらは回収しない

2024年3月29日　初版
2024年8月23日　再版

真門浩平（まもんこうへい）

発行者
渋谷健太郎

発行所
株式会社東京創元社
〒162-0814 東京都新宿区新小川町1-5
電話
03-3268-8231（代）
URL
https://www.tsogen.co.jp

DTP／印刷
キャップス／萩原印刷
製本
加藤製本

ISBN978-4-488-02025-5 C0093

鮎川哲也賞

創意と情熱溢れる鮮烈な推理長編を募集します。未発表の長編推理小説（四〇〇字詰原稿用紙換算で三六〇～六五〇枚）に限ります。正賞はコナン・ドイル像、賞金は印税全額です。受賞作は小社より刊行します。

創元ミステリ短編賞

斯界に新風を吹き込む推理短編の書き手の出現を熱望します。未発表の短編推理小説（四〇〇字詰原稿用紙換算で三〇～一〇〇枚）に限ります。正賞は懐中時計、賞金は三〇万円です。受賞作は『紙魚の手帖』に掲載します。

注意事項（詳細は小社ホームページをご覧ください）

・原稿には必ず通し番号をつけてください。ワープロ原稿の場合は四〇字×四〇行で印字してください。
・別紙に応募作のタイトル、応募者の本名（ふりがな）、郵便番号、住所、電話番号、職業、生年月日を明記してください。
また、ペンネームにもふりがなをお願いします。
・鮎川哲也賞は八〇〇字以内のシノプシスをつけてください。
・小社ホームページの応募フォームからのご応募も受け付けしております。
・商業出版の経歴がある方は、応募時のペンネームと別名義であっても応募者情報に必ず刊行歴をお書きください。
・結果通知は選考ごとに通過作のみにお送りします。メールでの通知をご希望の方は、アドレスをお書き添えください。
・選考に関するお問い合わせはご遠慮ください。
・応募原稿は返却いたしません。

宛先　〒一六二-〇八一四　東京都新宿区新小川町一-五　東京創元社編集部　各賞係